金庸詩詞學之一：雙劍聯回目

附各中短篇詩詞巡禮

心一堂 金庸學研究叢書 潘國森系列 金庸詩詞學

書名：金庸詩詞學之一：雙劍聯回目
系列：心一堂　金庸學研究叢書　潘國森系列　金庸詩詞學
作者：潘國森
責任編輯：心一堂金庸學研究叢書編輯室
封面設計：陳劍聰

出版：心一堂有限公司
通訊地址：香港九龍旺角彌敦道610號荷李活商業中心十八樓05-06室
深港讀者服務中心：中國深圳市羅湖區立新路六號羅湖商業大廈負一層008室
電話號碼：(852) 67150840
網址：publish.sunyata.cc
電郵：sunyatabook@gmail.com
網店：http://book.sunyata.cc
淘宝店地址：https://shop210782774.taobao.com
微店地址：https://weidian.com/s/1212826297
臉書：https://www.facebook.com/sunyatabook
讀者論壇：http://bbs.sunyata.cc

版次：二零一九年四月初版

平裝

定價：港幣　一百二十八元正
新台幣　四百九十八元正

國際書號　978-988-8582-69-3

香港發行：香港聯合書刊物流有限公司
香港新界大埔汀麗路36號中華商務印刷大廈3樓
電話號碼：(852)2150-2100　傳真號碼：(852)2407-3062
電郵：info@suplogistics.com.hk

台灣發行：秀威資訊科技股份有限公司
地址：台灣台北市內湖區瑞光路七十六巷六十五號一樓
電話號碼：+886-2-2796-3638　傳真號碼：+886-2-2796-1377
網絡書店：www.bodbooks.com.tw
台灣秀威讀者服務中心：
地址：台灣台北市中山區松江路二〇九號1樓
電話號碼：+886-2-2518-0207
傳真號碼：+886-2-2518-0778
網址：www.govbooks.com.tw

中國大陸發行 零售：深圳心一堂文化傳播有限公司
地址：深圳市羅湖區立新路六號羅湖商業大厦負一層008室
電話號碼：(86)0755-82224934

心一堂微店二維碼

心一堂淘寶店二維碼

《書劍恩仇錄》女主角「翠羽黃衫」霍青桐，包可嘉小姐繪。

香港文武創作社出版之舊版《碧血劍》第三冊封面，全書共三冊，鄺萬禾醫生所贈。

香港文武創作社出版之舊版《碧血劍》封底。

褚紅柳踏步上前，推動鐵箱。

香港文武創作社出版之舊版《碧血劍》第二冊插圖，對應修訂版第十回內容。本圖設計用高空視角的立體透視法，風格與後來《金庸作品集》大異其趣。

棺材蓋一掀，坐起了一個僵屍。

香港文武創作社出版之舊版《碧血劍》第三冊插圖，對應修訂版第十六回內容何惕守爲人機伶之極，一見那道人走來，知他不懷好意，適才見了他的功夫，尋思逃避不了，忙對洪勝海道：「快去請師父來。」等洪勝海轉身走開，那道人也已走到跟前。何惕守笑道：「道長，您功夫眞俊，您道號是什麽呀？」那道人見她笑吟吟的毫不畏懼，倒大出意料之外，上下一打量，見她雙足如雪，面頰暈紅，言笑之間，尤其動人心魄，不覺骨頭也酥了，又走上一步，笑道：「我叫玉眞子，你這孩子叫什麽名字？你說我功夫好，那麽跟我回去，我慢慢教你好不好？」何惕守笑道：「你又別騙人？咱們說了話不許不算。」玉眞子道：「誰來騙你，走吧！」伸手來拉她手腕，何惕守退了一步笑道：「慢着，我等師父來了，先問問他行不行。」玉眞子道：「哼，跟着你師父，就算學得本領和他一樣，又有什麽用？這種飯桶師父，還是別理會了吧，哈哈！」何惕守道：「我師父本領大得很呢，要是他知道我跟你走了，他要不依的。」

馮難敵等見孫仲君被那賊道摟在懷裡，那個妖女却又跟他眉花眼笑的打情罵俏，個個氣得怒火塡膺。梅劍和叫道：「好賊道，今日跟你拼上了。」提劍又上，玉眞子頭也不回，對何惕守道：「我再露一手功夫給你瞧瞧，你看是你師父厲害呢，還是我厲害。」他一面說一面閃避梅劍和的來劍，接着又道：「像他這樣的劍法，在你們華山派裡總也是少有的高手了，然而碰到了我，哼哼！你數着，從一數到十，我一雙空手就把他劍奪

— 249 —

香港文武創作社出版之舊版《碧血劍》第三冊內文，顯示舊版反派第一高手玉真子初次出場就命喪華山。

目錄

第三章　《碧血劍》回目聯句 55

總序

公元二〇〇〇年，李佳穎小姐問筆者是否可以在遠流公司架設的「金庸茶館」網站開闢一個欄目，專門談一談金庸小說入面出現過的詩詞。當時不假思索就一口應承了！這些年來，倒沒有問過佳穎姊，為甚麼會問我、又為甚麼會認為我做得來。現代經濟學有所謂「需求刺激供應」之說，貴客要到市場上採購新產品，我們「下游個體戶供應商」得知市場新資訊，當然要抓緊商機，不懂的也得立刻懂，只好迎難而上，邊做邊學了。欄名取名「詩詞金庸」，此後潘國森就被派到給鄭祥琳小姐節制，因為兩位美女的督促鞭策，「金庸學研究」這門大學科入面，就多了「金庸詩詞學」這個分支。

無巧不成話，同年著名中國文學教育家、精研中國詩詞的學者吳宏一教授，還吩咐我也研究一下金庸小說入面的詩詞。其實吳老師本人倒是真正研究中國傳統格律詩詞的大家，我也從來沒有問過他老人家，為甚麼他自己不做？難道是把容易的學習機會都盡量留給後輩小子？

那時，潘某人總不好對美女說自己沒有怎麼研究過格律詩詞（此事當然瞞不過吳老師的法眼）、更不要說過去還未有對金庸小說入面的詩詞有過太大的興趣。近日整理在「詩詞金庸」發表過的文字，許多都印象模糊，當是為了那時無非「現炒現賣」，過後便忘。這個欄大概在二〇〇五年結業，前後四年多時間，共歷六個年頭，可以說對於《金庸作品集》的詩詞，都介紹了八八九九。因為有定時交文的限制，那段時間倒算勤力用功。

「詩詞金庸」這個欄面最初能夠維持，應該要感謝一位署名「大老爺們兒」的網友，此君慷慨地公開其研究成果，詳列修訂二版《金庸作品集》引用過詩詞的出處。這雖然不能說是「覆蓋全境」的普查紀錄，總算立時就解決了我這個「詩詞金庸版主」的燃眉之急。後來，隨著互聯網的應用日益普及，中國古代典籍都陸陸續續可以在不同的網站上、一字一句的檢索出來。

不過尋找《鹿鼎記》回目聯句的出處，倒是自己用人手與肉眼，拿了查慎行的《敬業堂詩集》一頁一頁的看。

過去曾有不少師長朋友，當面謬讚潘國森怎麼讀書如此之多？

慚愧！

最初在拙文中引經據典，其實只是靠民國時代出版的《辭源》、《辭海》。先在辭書中找到相關詞條的解釋，見到有引用了那一部典籍，便到香港大學馮平山圖書館按圖索驥。若能找出原文，便據上文下理、前前後後多抄幾句。那有功夫全書翻閱一次？甚至相關的文章也只是看看剛好夠用的段落便是。所謂讀書甚麼的、研究甚麼的，都只是抄一抄出處，然後好像小時候在公開考試中國語文科答題那樣，東拉西扯、說三道四一番就可以交差了。求學時期，一位國文老師傳授考試答題的竅門，他說只記熟每文章的重點，入到試場，就如拿了市面上容易購得濃縮果汁，兑水稀釋，鋪演成文就可以。這個「果汁加水大法」實在非常管用。由過去寫的雜文、刊行的拙著，到處理「詩詞金庸」專欄，到整理「金庸詩詞學」的「功課」結集，從來都無意炫誇博學，讀者以為潘國森讀得書多，只不過是美麗的誤會而已。

因為頻年以來喜歡「評論是非」，少不免惹人討厭。有人便罵「潘國森只會抄書而又曲解」，雖然捱罵，心中倒是有點竊喜！人家罵我「只會抄書」，正好證明了我有看書而且抄得對頭！絕不是憑空胡扯、向壁虛構。罵我曲解而不能（或不屑）指正我，罵我又有何用？意見不同，無非是觀點與角度的差異。就算潘國森確是「文抄公」了，那又如何？書人人都可以抄，我抄書且提及出處，總勝過江湖上有些輕薄兒經常張冠李戴，卻有膽老起臉皮推說只憑記憶。真是奇哉怪也！你閣下可以憑記憶而其實失憶出錯，還覺得理所當然，可有沒有記不起要支稿酬版稅？記憶差的人，反而去罵記憶好的人（我抄書抄對了就是記憶好！），真不知人間何世！

潘某人還有一個好習慣，可以公開一下自己「抄書」的心得。那就是每次搜集資料，都不一定當下就用盡。不合用的也不是浪費，可以多留三兩度板斧，以備日後不時之需。因為常有並未動員的「後備作戰力量」，所以真正上陣應戰時，就常會給觀眾感到「遊刃有餘」了。

「金庸詩詞學」是為了喜愛中國傳統格律詩詞的金迷而設，此外還有一個任務，就是證明金庸小說不是甚麼「通俗文學」。在此恭請各位親愛讀者，日後在江湖上遇到些甚麼人大聲疾呼說金庸小說是「通俗文學」，可以請這些人先按觸一下「金庸詩詞學」。還可以「挑戰」之，曰：「如果能夠看得懂七成以上，再去思考『金庸小說是不是通俗文學』這個偽命題吧！」

潘國森

二〇一九年己亥歲

於香港心一堂

別序

本書的內容，主要涵蓋了金庸小說六大部（即《射鵰三部曲》、《天龍八部》、《笑傲江湖》和《鹿鼎記》）以外，各短中篇的詩詞。

當中特別要介紹《書劍恩仇錄》的回目七言聯和《碧血劍》的回目五言聯。

筆者的「金庸詩詞學」研究，主體成果都在二〇〇〇年至二〇〇五年發表於遠流公司「金庸茶館」的「詩詞金庸」欄目。

當年論及兩書的回目聯句，一色是只論對仗、不談平仄。聰明的讀者當然想得出原因何在！就是潘某人至此仍未學會弄通對聯的平仄要求。於是只好把劍招中的破綻收藏到人家不易看得出的地方。這有點似《笑傲江湖》中，武當掌門沖虛道長，將他太極劍招的破綻藏入劍圈之中有點兒相近了。

今回結集，特別加了一章專論《書劍恩仇錄》二十副七言聯和《碧血劍》二十副五言聯的平仄。事緣與筆者萍水相逢的劉詩人祖農校長，有一回在「臉書」指正了「小查詩人」拿十四部小說頭一句字做的對聯用了「拗句」，沒有依照格律詩的格式。

這真是一言警醒夢中人了！

潘國森第一時間就將小查詩人的歪聯十四個字重組。

小查的是：

飛雪連天射白鹿

笑書神俠倚碧鴛

小潘的是「平起格」：

碧天射俠神鴛笑

倚鹿連書白雪飛

「仄起格」：

碧鹿雪鴛飛笑俠

書連倚白射天神

劉詩人既「詩人指路」，潘某人當然順藤摸瓜，重新檢視雙劍聯回目的平仄，於是又抓到小查的毛病，可以再做文章。

本書還希望有更重要的教學功能！

事緣近年常在互聯網遇到難以計量之多的年青朋友愛上了對聯文化，可是當中有無量數的小朋友，是堅決不肯學平仄！

既然金庸有能力自學，拿了王力大師的《漢語詩格律》就可以自學成材，由不會做對聯，用了不出十年時間，就會對對子、寫詩和填詞。

金庸能夠學會漢字的平仄……

相信所有忠實的金庸小說迷同樣可以學會……

《書劍恩仇錄》、《碧血劍》兩書的讀者群之眾，不過億也該以千萬計，當代中國人讀書人既然有這麼多看過這些回目聯句，那麼跟隨金庸的足跡，大家一起學點漢語平仄，進而一起學做像個樣的對聯，應該是一次非常有趣的學習活動。

這才是《金庸詩詞學——雙劍聯回目》期望達到的效果。

潘國森

二零一九年己亥

序於香港心一堂

心一堂　金庸學研究叢書　潘國森系列

20

第一章　《金庸梁羽生合論》揭開戰幔

第一節　等同下了戰書！

梁羽生署名「佟碩之」寫的〈金庸梁羽生合論〉（發表於一九六六年）一力揚梁抑金，頗有跟金庸競勝的意味。其中一項是批評金庸小說的回目：

金庸很少用回目，《書劍》中他每一回用七字句似是「聯語」的「回目」，看得出他是以上一回與下一回作對的，偶而有一兩聯過得去，但大體說來，經常是連平仄也不合的。就以《書劍》第一二回湊成的回目為例，「古道駿馬驚白髮；險峽神駝飛翠翎」「古道」「險峽」都是仄聲，已是犯了對聯的基本規定了（《碧血劍》的回目更差，不舉例了）。大約金庸也發現作回目非其所長，「碧血劍」以後諸作，就沒有再用回目，而用新式的標題。

這樣的評語，等同下了戰書！

如果金庸不還招，便等於默認戰敗！

不過，江湖上平靜了一段日子之後，金庸就開始刊行他用了最好心得去修訂的全新《金庸作品集》。

一九七五年《書劍恩仇錄》的修訂本出版時，金庸在〈後記〉對回目聯句之事，對梁羽生當年評語略作回應：

……對詩詞也是一竅不通，直到最近修改本書，才翻閱王力先生的《漢語詩格律》一書而初識平平仄仄。……本書的回目也做得不好。本書初版中的回目，平仄完全不協，現在也不過略有改善而已。

金庸於此事實在謙虛得過了頭，許多讀者真的相信金庸的回目聯句只是「略有改善」，其實他已經「技術擊倒」了梁羽生，而且還有許多後著，必定大出梁羽生意料之外。

到了第十個年頭，方才陸陸續續回應批評，先是《書劍恩仇錄》新的七言聯回目，然後是《碧血劍》新的五言聯回目，再有《倚天屠龍記》的四十句柏梁臺體詩、《天龍八部》的五首詩做回目。

最後以清初大詩人查慎行的七言聯句作為《鹿鼎記》的回目，這一招最難！因為他海寧查家上代有詩人，倒好像是隔代合作似的，梁羽生（本名陳文統）的陳家卻沒有出過這個級數的詩人！

十年生眾、十年教訓，算不算有點遲？

須知「文比」不似「武鬥」。拳腳無眼，擂台上比拳來腳往，必須即使抵禦遮擋，甚至化解後連消帶打地還招，不能有片刻拖延：

到這日傍晚，洪七公將第三十六路棒法「天下無狗」的第六變說了，這是打狗棒法最後一招最後一變的絕招，這一招使將出來，四面八方是棒，勁力所至，便有幾十條惡犬也一齊打死了，所謂「天下無狗」便是此義，棒法之精妙，已臻武學中的絕詣。歐陽鋒自是難有對策。當晚他翻來覆去，折騰了一夜。

《神鵰俠侶》第十一回〈風塵困頓〉

後來歐陽鋒終於想到拆解辦法，楊過作為現場唯一觀眾兼評判，還是認為洪七公應以「點數」勝過歐陽鋒：

……（楊過）心想：「義父雖然了得，終究是遜於洪老前輩一籌。那打狗棒法使出之時，義父苦思半晌方能拆解，若是當真對敵，那容他有細細凝思琢磨的餘裕？」

《神鵰俠侶》第十一回〈風塵困頓〉

可是金梁二人與小說回目上較量，沒有武打技擊的時限，只能判金庸大勝了。

梁羽生於此事失策之處，當是沒有料到金庸可以在不足十年之間，由不通平仄、不熟詩律，自學成功。金庸當時打不過梁羽生，心底裡當有「日後再找回這場子」（《笑傲江湖》嵩山派「神鞭」鄧八公語）的念頭。

再從《金庸梁羽生合論》發表的時間，加上梁羽生日後還有點「悔其少作」的表現，可以假定他寫這篇文章，或多或少有上級下令的可能在入面。

第二節　舊版《書劍恩仇錄》回目

舊版分四十回，一如梁羽生所言，金庸原先有意合兩回為一聯。

回目是：

第一回　古道駿馬驚白髮

第二回　險峽神駝躍翠翎

第三回　秋風野店書生笛

第四回　夕照荒莊俠士心

第五回　避禍英雄悲失路

第六回　尋仇豪傑誤交兵

第七回　嚼餅置酒招薄怒

第八回　還經贈劍種夙因

第九回　烏鞘嶺頭鬥雙俠

第十回　黃河渡口扼三軍

第十一回　操刀刎肩憐難侶

第十二回　奮戈振臂恤饑民

第十三回　琴韻朗朗聞雁落

第十四回　劍氣沉沉發龍吟

第十五回　異事疊見贈異寶

第十六回　奇計環生奪奇珍

第十七回　揮拳打穴開鐵銬

第十八回　閉目換掌擲金針

第十九回　烈燄奔騰走大俠
第二十回　香澤微聞縛至尊
第廿一回　六和塔頂囚獨夫
第廿二回　三分劍底顯雙鷹
第廿三回　盈盈紅燭三生約
第廿四回　霍霍青霜萬里行
第廿五回　威震古寺雷聲疾
第廿六回　情癡大漠雪意馨
第廿七回　牛刀小試伏四虎
第廿八回　馬步大集困群英
第廿九回　奮殲鐵甲將軍苦
第三十回　窮追金笛玉女瞋
第三一回　劍底戲沙憐寂寞
第三二回　狼口賭命答深情

第三三回　談笑任俠見名士
第三四回　慷慨禦暴懷佳人
第三五回　竟托古禮完夙願
第三六回　還從遺書悟生平
第三七回　心傷殿隅天初曉
第三八回　魂斷城頭日黃昏
第三九回　甘吻白刃墮火窟
第四十回　空餘碧血葬佳城

當中有些在修訂二版只有小改，有些則是全新創作。

第三節　舊版《碧血劍》回目

舊版《碧血劍》回目共二十五回，都用兩個五言句：

第一回　嘆息生民苦，跋涉世道難。

第二回　三尺託童稚，八方會俊英。
第三回　重重遭大難，赳赳護小友。
第四回　窮年傳拳劍，長日迷楸枰。
第五回　絕頂來怪客，密室讀奇文。
第六回　水秀花寂寂，山幽草青青。
第七回　懷舊鬥五老，仗義奪千金。
第八回　柔腸泯殺機，俠骨喪奸謀。
第九回　指撥算盤間，睡臥敵陣中。
第十回　情妒情原切，嬌嗔愛始真。
第十一回　仗劍解仇紛，奪信見奸謀。
第十二回　瀟洒破兩儀，談笑發五招。
第十三回　無意逢舊侶，有心覓奇珍。
第十四回　冀魯群盜集，燕雲大豪爭。
第十五回　險峽收萬眾，泰山會群英。

第十六回　鬧席擲異物，釋愆贈靈丹。
第十七回　同氣結金蘭，助威奪紅衣。
第十八回　竟見此怪屋，乃入於深宮。
第十九回　虎虎施毒掌，盈盈出鐵手。
第二十回　深宵發桐棺，破曉試蛇劍。
第廿一回　怨憤說舊日，憔悴異當時。
第廿二回　心傷落花意，魂斷流水情。
第廿三回　碧血染寶劍，黃甲入名都。
第廿四回　兇險如斯乎，怨毒甚矣哉。
第廿五回　群彥聚西嶽，眾豪泛南海。

第二章　《書劍》回目聯句

修訂二版《書劍恩仇錄》全書共二十回，回目用七言聯句，共是二百八十字。此下略解說之，讀者如完全看不明這些聯句，就枉稱是忠實的金庸迷了！

第一回　古道騰駒驚白髮，危巒快劍識青翎。

上句的「古道」指在今天甘肅省河西走廊的古道，李可秀由甘肅省安西鎮總兵調升浙江省水陸提督，一家人便要走這段絲綢之路赴任。

「騰駒」指紅花會的「千里接龍頭」，也指十當家「石敢當」章進以一手神力，劃斷李沅芷坐騎的尾巴，馬兒受驚便變成「騰駒」，嚇了喜歡生事的富家小姐李沅芷一「驚」。同時那「千里接龍頭」的排場（趙半山和西川雙俠都在內）亦「驚」動到年近六十、「九死之餘」、「鬚髮似雪」的武當派名宿「綿裡針」陸菲青。

「白髮」陸菲青還念誦了辛棄疾的一首《賀新郎．別茂嘉十二弟》：

綠樹聽鵜鴃。更那堪，鷓鴣聲住，杜鵑聲切。啼到春歸無尋處，苦恨芳菲都歇；算未抵人間離別。馬上琵琶關室黑，更長門翠輦辭金闕；看燕燕，送歸妾。

將軍百戰身名裂，向河梁，回頭萬里，故人長絕；易水蕭蕭西風冷，滿座衣冠似雪，正壯士悲歌未徹。啼鳥還知如許恨，料不啼清淚長啼血。誰共我，醉明月。

原詞寫離別為主，金庸只節錄下片「將軍百戰身名裂」至「正壯士悲歌未徹」一段，其他稍有兒女意態的都割愛了。

「將軍」用漢武帝時李陵的典，李陵與匈奴多次決戰，最後不得已投降，於是「身名裂」。

「向河梁」用漢武帝時蘇武的典，寫李陵和蘇武別離之景。

「易水蕭蕭」等三句用荊軻刺秦皇的典，臨行時燕太子丹在易水送別，高漸離擊筑而歌，曰：「風蕭蕭兮易水寒，壯士一去兮不復還。」金庸就只抄這幾句合用的來給陸菲青述懷。

下句的「危巒」指霍青桐因地制宜，用伏兵在狹窄山道輕易殺死關東六魔中的第五魔閻世魁之地。

「快劍」指霍青桐師父天山雙鷹的絕學「三分劍術」。

「青翎」當然是翠羽黃衫霍青桐。

此聯對仗的詞性如下：

古道對危巒。道對巒，為地理對；前加古、危為形容詞。

騰駒對快劍。駒對劍，為動物對器具；前加騰、快為形容詞。

驚對識。為動詞對；驚為驚動、識為見識。

白髮對青翎。髮對翎，為人體對服飾；前加白、青為顏色。借喻陸菲青對霍青桐，就是人對人了。

對應舊版回目「古道駿馬驚白髮」、「險峽神駝躍翠翎」。

第二回　金風野店書生笛，鐵膽荒莊俠士心。

上句「金風」即秋風，秋天於五行配金。秋天主肅殺，一般樹木都落葉，即所謂一葉知秋，反映五行生剋學理中的金剋木。《天龍八部》包不同在慕容家就是金風莊莊主，其餘鄧百川、公冶乾和風波惡分別是青雲、赤霞、玄霜三莊莊主，四兄弟的莊名分別代表春夏秋冬四時。玄在此是黑色。

「野店」指三道溝的安通客棧。紅花會四當家「奔雷手」文泰來虎落平陽，與愛妻「鴛鴦刀」駱冰投宿在此養傷。

「書生笛」自是「金笛秀才」余魚同用作兵刃的金笛，這個武當派的余十四未免托大了些，用這金笛作兵刃太過招遙。如穿白衣夜行（《倚天屠龍記》第三回就有這樣無聊的狂徒），有恃無恐。後來一個人落了單遇上關東三魔就只好把金笛收起來不敢示人（見第十二回〈盈盈彩燭三生約，霍霍青霜萬里行〉）！

鐵膽莊莊主周仲英有的是「俠士心」，但是徒兒沒有見過大場面，不敢造反，讓張召重擒去了文泰來，誤了大事。

此聯的對仗如下：

金風對鐵膽，天文對器具。

野店對荒莊，宮室對宮室，即建築物對。

書生笛對俠士心，書生對俠士是人物對；笛對心，器具對身體臟器。

對應舊版回目「秋風野店書生笛」、「夕照荒莊俠士心」。二版改「秋」為「金」、「夕照」為「鐵膽」。

第三回　避禍英雄悲失路，尋仇好漢誤交兵。

「避禍英雄」是文泰來，「失路」指原先以為投奔鐵膽莊可以救命，誰知反而陷入羅網。「尋仇好漢」是紅花會諸當家，因誤會闖了禍不幸喪命的周英傑是個成年人，更不知這小孩已死（舊版是周仲英處死幼子、二版是錯手誤殺）而與周仲英「誤交兵」。

此聯對仗如下：

避禍對尋仇。

英雄對好漢，人物對人物。但這個比較弱，在楹聯修辭技巧上，是犯了「合掌」之忌。簡而言之，「英雄」與「好漢」是意義相近的同義詞，一副七言聯才十四個字，同一個意念出現兩次，內容就不夠豐富了。

悲對誤、失路對交兵，尚可。

對應舊版回目「避禍英雄悲失路」、「尋仇豪傑誤交兵」。「英雄」對「豪傑」，「合掌」更嚴重。

第四回　置酒弄丸招薄怒，還書貽劍種深情。

「置酒弄丸」是紅花會七當家「武諸葛」徐天宏氣弄「逍李逵」周綺的事。先用美酒的香氣引她，卻不肯給她喝；待得周綺拿了老父的鐵膽將酒葫蘆打破，徐天宏又故意用身體將鐵膽壓住，以「男女授受不親」之故，令周綺不能過去取回鐵膽。次晨，徐天宏便譏刺周綺是小猴，當然招得周綺薄怒了。

「還書」是紅花會幫助回人奪回聖物可蘭經。「貽劍」是霍青桐以寶劍相贈。「種深情」同時指陳家洛和霍青桐兩個人。

陳家洛對霍青桐本是一見鍾情，只因看過李沅芷與霍青桐的親熱情態而很不高興，「心上人」與「小白臉」如此的「摟摟抱抱、勾勾搭搭」（《鹿鼎記》韋小寶語），這還了得？之後就不肯讓霍阿伊、霍青桐兩兄妹一起去救文泰來，但也說不出個所以然。

此無他，吃醋也！

臨別之際，二人相對無言，終於霍青桐以寶劍相贈，這劍實為訂情信物。霍青桐心中雪亮，便對陳家洛明言：「你昨日見了那少年對待我的模樣，便瞧不起我。」又說：「你可以去問陸老前輩，瞧我是否不知自重的女子！」

女孩兒家對你說出這樣重的話，一定事有蹺蹊，須當立刻查問個水落石出才是，否則便要夜夜失眠。

結果陳家洛一子錯，滿盤皆落索！

此聯置酒對還書、弄丸對貽劍、招對種、薄怒對深情，皆工整。對應舊版回目「嚼餅置酒招薄怒」、「還經贈劍種夙因」。

第五回　烏鞘嶺口拚鬼俠，赤套渡頭扼官軍。

「鬼俠」指紅花會五、六兩當家「黑白無常」常赫志、常伯志兄弟。

《書劍恩仇錄》第一奸角「火手判官」張召重，在烏鞘嶺與黑白無常動上了手，想把常赫志擲下深谷，結果常伯志用飛抓救回兄長，而張召重也被常赫志的黑砂掌握得手腕也瘀黑了。紅花會眾人在黃河岸邊的赤套渡遇上官軍，其實沒有將官軍扼得住，反被鐵甲軍衝散，吃了大虧。七當家徐天宏和十四當家余魚同兩人都受傷失散，卻因禍得福，結果各自贏得了美貌的老婆。

此聯烏鞘嶺對赤套渡為地名。口對頭，字面是身體，合上前三字，則是地方範圍再收窄，嶺口對渡頭。拚對扼，動詞對。鬼俠對官軍，人物對。對應舊版回目「烏鞘嶺頭鬥雙俠」、「黃河渡口扼三軍」。

第六回　有情有義憐難侶，無法無天賑饑民。

上句「有情有義」是指周綺，她與一直以來最看不順眼的徐天宏成了「難侶」。這個「憐」

可不是「可憐」，乃是「憐惜」，當中差別不可不察呀！

下句也是白描，指紅花會一夥在蘭封散了軍餉賑災。陳家洛還出了一個聯要縣老爺王道對下聯，當然是對不出。上聯是：

俟河之清，人壽幾何！卻問河清易？官清易？

王道縣太爺說得好：「我瞧天下的官都清了，黃河也就清啦。」

近世莫說黃河不清，一年還有好幾個月斷流，連長江也不清了！

此聯有情有義對無法無天、憐對賑、難侶對饑民，皆工整。

對應舊版回目「操刀剜肩憐難侶」、「奮戈振臂恤饑民」。

第七回　琴音朗朗聞雁落，劍氣沉沉作龍吟。

上句寫陳家洛與書中設定為親兄長的乾隆皇在三天竺相會一見如故，陳家洛撫琴，奏了一首《平沙落雁》，上聯就說此事。

這《平沙落雁》是著名的古曲，與《笑傲江湖》青城派的絕技「屁股向後平沙落雁式」並無關係。此曲的命名，一說是描寫群雁在沙灘上起落；另有一說謂指法精妙，有痕無跡，如平沙落雁。下句詠紅花會二當家「無塵道人」的劍法。

此聯的對仗如下：

琴音對劍氣，是器物加其功能作對。

朗朗對沉沉，是形容詞對。

聞對作，是動詞對。

雁落對龍吟，動物及其行為作對。

對應舊版回目「琴韻朗朗聞雁落」、「劍氣沉沉發龍吟」。

第八回　千軍嶽峙圍千頃，萬馬潮洶動萬乘。

兩陣對圓，如山嶽對峙。千頃指西湖。

這上句寫江南紅花會的會眾滲入杭州駐防的旗營和綠營，兵丁竟然大多是紅花會的！還在皇帝面前向匪首行禮，真是反了！

乾隆原本打算圍剿紅花會的亂黨，立時便不敢動武，還責備李可秀，道：「你帶的好兵！」。

如果要挑剔，一則旗營的兵丁是旗籍，即是大清的「一等公民」，清制是旗漢分治，旗人該不大可能投到紅花會去。二則李可秀只是浙江提督，綠營兵丁出毛病要他「問責」，旗營則是杭州將軍該管的。卻原來作者於舊版是派李可秀當杭州將軍，後來可能知道杭州將軍是「滿缺」，即是滿洲旗籍才可以擔任。結果改得一改不得二，還是有漏洞。

下句寫陳家洛與乾隆在海寧海神廟再會，滾滾怒潮如萬馬奔騰，驚動了萬乘至尊。乘在此指中國古代的戰車，天子才可以有一萬輛戰車，諸侯只能有一千輛，於是有所謂千乘之國。

當中「金鉤鐵掌」白振拾扇的一段尤其寫得精彩。

此聯千軍對萬馬、嶽峙對潮洶、圍對動、千頃對萬乘，對很工整。

對應舊版回目「異事疊見贈異寶」、「奇計環生奪奇珍」。

第九回　虎穴輕身開鐵銬，獅峰重氣擲金針。

「虎穴」是囚禁文泰來之所，用「不入虎穴、焉得虎子」的典。陳家洛輕身一人潛入去，但是功虧一簣，打開了鎖住文泰來的鐵銬，文泰來還是逃不出來。「獅峰」決鬥是指「威震河朔」黃維揚與張召重盛産龍井茶的獅子峰比武，金針是武當派的「芙蓉金針」。

此聯虎穴對獅峰、輕身對重氣、開對擲、鐵銬對金針，皆工整。對應舊版回目「揮拳打穴開鐵銬」、「閉目換掌擲金針」。

第十回　煙騰火熾走豪俠，粉膩脂香羈至尊。

上聯寫紅花會一夥終於救出了文泰來（豪俠），余魚同為救一眾兄弟，奮身阻止炸藥爆炸而全身燒傷，還破了相。

下聯的「粉膩脂香」指美人玉如意，紅花會用美人計虜走皇帝（至尊），羈囚於杭州六和塔，對他盡情戲弄。

此聯煙騰對火熾、粉膩對脂香，是句內先對，然後「煙騰火熾」才可以對得上「粉膩脂香」。煙、火、粉、脂是名詞；然、熾、膩、香是形容詞。然後，走對羈、豪俠對至尊，詞性皆工整。

對應舊版回目「烈燄奔騰走大俠」、「香澤微聞縛至尊」。

第十一回　高塔入雲盟九鼎，快招如電顯雙鷹。

「高塔」是杭州名勝六和塔，入雲是文學家的誇張筆法。「雙鷹」是「天山雙鷹」，即是「禿鷲」陳正德和「雪鵰」關明梅。

「九鼎」的典，讀者當記得《鹿鼎記》第一回呂留良對兩個兒子的解釋。紅花會綁架囚禁乾隆，迫他作城下之盟，應承日後要恢復漢家江山。然而春秋之義：「城下之盟……不能從。」實也怪不得乾隆最終要寒盟悔約，而且小說總不能改寫歷史。

下聯寫天山雙鷹的武功，劍招快如閃電。

這副聯的對仗比較馬虎。

高塔對快招，塔對招有點勉強；入雲對如電，入對如亦未佳；盟對顯，可以。九鼎對雙鷹，字面是器具對動物，不過九鼎借指「國家神器」，即是帝位；雙鷹在此則是兩個人。

對應舊版回目「六和塔頂囚獨夫」、「三分劍底顯雙鷹」。

第十二回　盈盈彩燭三生約，霍霍青霜萬里行。

這一回寫徐天宏與周綺在天目山成親，但上聯卻不是說此事。

那「盈盈彩燭」被余魚同用金笛發的短箭打熄了。

因為李沅止鍥而不捨的追求師哥，女生勇於追求幸福，也不怕丟了臉找到上門，卻險些被紅花會眾當家生擒，便躲進余魚同的被窩。此時余魚同心中尚對駱冰念念不忘，加上新近毀了容，當然更不能、也不敢接受李沅止的愛。這「三生約」只是李沅止一廂情願的提出來，當余魚同露出滿是瘡疤的臉，也把她嚇了一跳，一時不知如何處理，就哭著的走了。

紅花會救出了文泰來，陳家洛派各頭領分頭去聯絡各地豪傑，自己帶同文泰來、駱冰夫婦，徐天宏、周綺夫婦，章進，余魚同和心硯同赴回部。李沅止心情平伏下來，繼續窮追心上人余師哥，情信寫道：「情深意真！豈在醜俊？千山萬水，苦隨君行。」

余魚同一人獨行水路迴避，與眾兄弟相約在潼關會合，李沅止便展開這「霍霍青霜萬里行」。一路上余魚同被關東三魔和仇家言伯乾追捕，全靠李沅止用計幫助方得脫難。

此聯的對仗如下：

盈盈對霍霍，疊字形容詞。彩燭對青霜，燭對霜是器物對天文，彩、青是顏色。三生對萬里，時間對空間，三、萬是數詞。約對行，是名詞。

對應舊版回目「盈盈紅燭三生約」、「霍霍青霜萬里行」。只改了一字。

第十三回　吐氣揚眉雷掌疾，鷩才絕艷雪蓮馨。

上聯寫文泰來傷愈之後，在孟津近郊的寶相寺中大顯神威，一手霹靂掌擊斃言伯乾一門四個人，又打得關東三魔挾著尾巴逃跑，救回余魚同。

下聯的「鷩才」的才是陳家洛，「絕艷」的艷是香香公主喀絲麗。陳家洛乍見喀絲麗，為之鷩艷，不顧安全就上峭壁去為她摘取那「雪中蓮」。喀絲麗不明世事，不覺得以上乘輕功去摘雪蓮是怎麼一回事，倒是陳家洛打倒幾個清兵令她「鷩才」。

此聯的對仗如下：

吐氣對揚眉、鷩才對絕艷，都是句內對，然後「吐氣揚眉」再與「鷩才絕艷」為句間對。「吐氣揚眉」為常用成語，雖亦工整，仍算是煉字未精。

雷掌對雪蓮、疾對馨，皆工。

對應舊版回目「威震古寺雷聲疾」、「情凝大漠雪意馨」。

第十四回　蜜意柔情錦帶舞，長槍大戟鐵弓鳴。

「蜜意柔情」指香香公主已對陳家洛鍾情，「錦帶舞」是指香香公主在「偎郎大會」中用錦帶套頸招親的風俗選定了陳家洛。

長槍、大戟、鐵弓是戰場上的武器，此時戰事一觸即發，而陳家洛、香香公主和紅花會眾當家被大軍圍困。

此聯的對仗如下：

密意對柔情，為句內對，仍嫌合掌。長槍對大戟，亦為句內對。然後「密意柔情」對「長槍大戟」，否則密意對不上長槍、柔情亦對不上大戟。

錦帶對鐵弓，亦為器物對。舞對鳴，為動詞對。

對應舊版回目「牛刀小試伏四虎」、「馬步大集困群英」。

第十五回　奇謀破敵將軍苦，兒戲降魔玉女瞋。

上聯寫的將軍是霍青桐。陳家洛對霍青桐冷淡，在木卓倫和霍青桐的眼中，是陳家洛移情別戀，拋棄了姊姊去愛妹妹。霍青桐用奇謀破敵，表面上置紅花會一夥與妹妹不顧，其實對敵軍的策略了然於胸。偏生所有人都其笨如牛，不明白她的用意，老父更出言呵責，所以就苦得很。心上人移情自己的親妹是一苦，父兄族人不諒又是一苦。

下聯是倒裝句，玉女李沅芷為了余魚同的絕情而先有瞋怒，才去找關東三魔作「出氣筒」，將滿腔怨憤盡數發洩在三魔身上。兒戲的本義是兒童遊戲，引伸為成年人用輕率玩忽的態度處事。《鹿鼎記》回目詩有「棘門此外盡兒戲」一句，用漢初功臣周勃的典，在這裡不詳述了，讀者可以參考拙著《鹿鼎回目》。

此聯對仗如下：

奇謀對兒戲、破敵對降魔、將軍對玉女、苦對瞋，皆工。

對應舊版回目「奮殲鐵甲將軍苦」、「窮追金笛玉女瞋」。

第十六回　我見猶憐二老意，誰能遣此雙姝情。

上聯用「我見猶憐，何況老奴」的典。這個典在《天龍八部》也有用過，第四十八回寫段正淳與夫人刀白鳳、三個情婦阮星竹、秦紅棉、甘寶寶，及眾臣工被段延慶一網成擒，王夫人見四女「各有各的嫵媚，各有各的俏麗」，不願再以「騷狐狸」、「賤女人」相稱，生起「我見猶憐，何況老奴」之意。

老奴指東晉權臣桓溫（三一二至三七三），桓溫在晉穆帝永和三年（三四七）領兵伐蜀，滅了「五胡十六國」中氐族李氏建立成漢，以亡國君李勢之女（或云是其妹）為妾，甚為寵愛，引起正妻妒忌。

李氏在蜀中立國，李特在晉惠帝太安二年（三〇三）出兵，同年其子李雄據成都，翌年自稱成都王，後來稱帝，國號曰成。李雄的堂弟李壽在東晉成帝咸康四年（三三八）殺李雄之子李期奪位，改國號為漢，故史稱李氏所建之國為「成漢」，其實是先「成」後「漢」。李勢是李壽之子。

桓溫之妻是晉明帝女南康公主，得知桓溫寵愛這位李氏女，帶了一隊「娘子軍」要去斬這

「狐媚子」。但是見這位李氏女美貌，不忍下手，終於容得「老奴」納這個妾。事見《世說新語・賢媛》及所引《妒記》。

這裡的二老是天山雙鷹，他們誤會陳家洛負心棄姊愛妹，而喀絲麗則奪姊之愛。想為愛徒霍青桐殺了這對「姦夫淫婦」。一夜相處，這對殺人不眨眼的老夫老妻竟然感情大進，再見喀絲麗天真爛漫，便下不了手，只留下「怙惡不峻，必取爾命」八個字飄然而去。

下聯寫陳家洛腳踏兩頭船的矛盾心情。他一人愛上這對姊妹花而難於取捨，偏生雙姝又對他情深意重，愛得連性命也可以隨時不要，於是乎滿腔愁緒便不能排遣。

這段情節以現代人的心態去看前人，漢人三妻四妾所在多有，在陳家洛的立場當然想學張無忌。照說伊斯蘭教有些教派本來有容許一夫多妻的風俗，那這一段雙姝情實在沒甚麼好排遣的，來個「大小通吃」便是。

此聯對仗如下：

我見對誰能、二老對雙姝、意對情，皆可。猶憐對遣此，則未善。

對應舊版回目「劍底戲沙憐寂寞」、「狼口賭命答深情」。

第十七回　為民除害方稱俠，抗暴蒙污不愧貞。

上聯寫天池怪俠袁士霄用計殺狼，意欲為民除害。大俠郭靖言道：「為國為民，俠之大者。」所以朱子柳盛讚他「非古時朱家、郭解輩逞一時之勇所能及」。

金庸武俠小說為「俠」這個概念作出了新的詮釋。

朱家為秦末漢初人，曾救項羽部將季布。郭解為漢武帝時人，年輕時以小事殺人，後來「金盤洗手」、「改邪歸正」。朱郭之輩的行為，實等同於今天的「黑社會龍頭大哥」，實在是陳家洛之流。所不同者，天地會和紅花會光復漢室的大任在，便比朱家、郭解輩遠勝了。

郭解徒黨賓客甚眾，曾有儒生批評郭解：「解專以姦犯公法，何謂賢？」被郭解一個賓客聽聞，便出辣手殘殺此儒生，並斷其舌，連郭解也不知行凶者是誰。御史大夫公孫弘認為「解布衣為任俠行權，以睚眥殺人」，論罪則不知殺人者誰比知之更甚，為「大逆無道」。於漢武帝下令抄家滅族。事見《漢書．遊俠列傳》。

「睚眥」指怒目而視，引伸為小怨小忿，即是雞毛蒜皮的瑣碎糾紛。黑道中人因「注目禮」而大開殺戒，可不是到了二千年後的今天還時有所聞麼？

《韓非子・五蠹》：「俠以武犯禁。」因此中國傳統自古都不以「任俠」為然。金庸在《雪山飛狐》後記寫道：

……我企圖在本書寫一個急人之難、行俠仗義的俠士。武俠小說中真正寫俠士的其實並不很多，大多數主角的所作所為，主要是武而不是俠。

郭靖為國為民，是俠之大者，其次如袁士霄之為民除害、胡斐之急人之難、行俠仗義，方可配得上一個「俠」字。

下聯寫信奉伊斯蘭教的美女瑪米兒為抗異族暴政，不惜與愛侶阿里分離，接近暴君桑拉巴，最後還親手殺死與桑拉巴所生的兒子。

陳家洛意欲效法瑪米兒，便將喀絲麗送入虎口，愚不可及，哀哉！

此聯對仗如下：

為民對抗暴、除害對蒙污，方對不、稱俠對愧貞，皆工。

對應舊版回目「談笑任俠見名士」、「慷慨禦暴懷佳人」。

第十八回　驅驢有術居奇貨，除惡無方從佳人。

這聯的對仗也是馬虎得緊。

上聯用「奇貨可居」的典，奇貨是特別的貨物，居是屯積備用。呂不韋（?至前二三五）本為陽翟（戰國七雄中韓國首都）大賈（富商），在趙國首都邯鄲見到來自秦國的人質子楚（一名異人），便說他是「奇貨可居」，於是出資運動，最後令到子楚成為王位繼承人，即後來的秦莊襄王。秦王政（後來滅六國統一天下的秦始皇）便是莊襄王之子。或謂呂不韋實為秦始皇的生父，秦始皇的生母趙姬本是呂不韋的姬妾，送給子楚時已經有孕云云。給果呂不韋憑著這件「奇貨」，終於成為秦的相國，也曾權傾一時，後來秦王政奪權成功，呂不韋自殺。

「驅驢有術」是指阿凡提，「居奇貨」是指李沅止聽從阿凡提的計謀，哄騙張召重，將他藏在迷城之中備用。

余魚同心結未解，不肯接受李沅止的愛。因為急於殺犯召重為帥父馬真報仇，佳人迫婚，只好無奈相從。「奇貨」與「惡」都是指張召重。

此聯的對仗如下：
騎驢對除惡、有術對無方、居對從、奇貨對佳人。
對應舊版回目「竟托古禮完夙願」、「還從遺書悟生平」

第十九回　心傷殿隅星初落，魂斷城頭日已昏。

此聯寫陳家洛與喀絲麗的最後一夜，星落日昏，天地同悲。
陳家洛愚昧無知，良可嘆也。革命與兒女之情不可混為一談，將瑪米兒、阿里、桑拉巴三人的事套在喀絲麗、陳家洛、乾隆身上，實在比喻不倫。陳家洛還假惺惺的說要皈依伊斯蘭教，真可恥。

此聯對仗如下：
心傷對魂斷、殿隅對城頭、星對日、初落對已昏。
對應舊版回目「心傷殿隅天初曉」、「魂斷城頭日黃昏」。

第二十回　忍見紅顏墮火窟，空餘碧血葬香魂。

紅顏是喀絲麗，火窟則由乾隆、陳家洛兄弟合力建成。

喀絲麗臨死前想到教規：「自殺的人，永墮火窟，不得脫離。」但是為了向陳家洛示警，告知他皇帝要取他性命，只好「無窮無盡的受苦」。

陳家洛獨斷獨行，自以為是，結果上了親哥哥的大當。如果面臨這樣重大的抉擇之前，他肯問問旁人的意見，就不會鑄成了大錯。乾隆的奪愛要求實在毫無道理，稍有腦袋的人也不會誤信。

然而，話雖如此，小說歸小說，歷史是歷史，金庸先前把紅花會的能耐寫得過了頭，到散場時只好「急剎車」，陳當家的只好做個蠢笨勝過豬羊的傻瓜！

此聯對仗如下：

忍見對空餘、紅顏對碧血、墮對葬、火窟對香魂。當中忍見對空餘，稍弱。

對應舊版回目「甘吻白刃墮火窟」、「空餘碧血葬佳城」。

第三章　《碧血劍》回目聯句

修訂二版《碧血劍》全書共二十回，回目用五言聯句，共是二百字。

第一回　危邦行蜀道，亂世壞長城。

這一回寫僑居浡泥國的張朝唐帶了書僮張康，跟隨老師回祖國求取功名。海外遺民、落拓儒士仰慕中華上邦，回歸故土，結果飲恨而終。張朝唐主僕與萍水相逢的楊鵬舉被官兵誣為盜賊，幸得「山宗」眾人打救。上句就是指此。

「危邦」，出自《論語．泰伯》：

子曰：「篤信好學，守死善道。危邦不入，亂邦不居。天下有道則見，無道則隱。邦有道，貧且賤焉，恥也；邦無道，富且貴焉，恥也。」

古人「危邦不入、亂邦不居」之說，即出於此。

「蜀道」，是李白的《蜀道難》：「噫，吁，戲！危乎高哉！蜀道之難難於上青天。」

下句是指崇禎帝枉殺袁崇煥而自毀長城。

「長城」是南北朝時南朝劉宋大將檀道濟（?至四三六）的典。檀道濟本是東晉北府兵的名將，後來成為宋武帝劉裕（三五六至四二二）篡晉的佐命元勳，自詡為「萬里長城」，時人則以司馬懿比擬。

宋文帝劉義隆（四〇七至四五三）在元嘉十三年（四三六）殺檀道濟及其親信，因為當其時宋文帝有重病，他老爸篡晉，便怕檀道濟也依樣葫蘆。檀道濟被收押時憤然將頭巾擲在地上，說道：「乃壞汝萬里長城！」後來到了元嘉二十七年（四五〇），魏人兵臨城下，宋文帝就後悔了，言道：「檀道濟若在，豈使胡馬至此！」

這個張朝唐的角色在舊版《碧血劍》是大名鼎鼎的侯朝宗（一六一八至一六五四），修訂時可能覺得不合用，就刪掉了侯朝宗，另創一個「海外華僑」，還加插了浡泥國主來朝的一段。於是乎《碧血劍》便以「華僑回國」開始，「移民海外」作結。

侯朝宗名方域，朝宗是他的字，孔尚任（一六四八至一七一八）的名劇《桃花扇》就是講他和錢塘名妓李香君的故事，讀者如不善忘，當記得吳六奇在柳江中高歌《桃花扇》中〈沉江〉那一折，被韋小寶在心中大罵。侯方域的事蹟，高陽先生的《清末四公子》有論述，值得向讀者推薦。

這一回的回目對應舊版頭兩回的：「嘆息生民苦，跋涉世道難」和「三尺託童稚，八方會俊英」。新舊之間水平相差甚遠。

此聯對仗如下：危邦對亂世、行對壞、蜀道對長城，皆工。

第二回　恩仇同患難，死生見交情。

回目是說袁承志與安小慧合力抗敵，袁承志不畏危難，竭盡所能與胡老三周旋。對應舊版第三回的「重重遭大難，赳赳護小友」。

恩仇對死生，同對見，患難對交情。

第三回　經年親劍鋏，長日對楸枰。

上句說袁承志以忠臣之後的條件，拜入華山派掌門「神劍仙猿」穆人清門下，經年習武學劍。下句說與木桑道人手談。楸枰，即圍棋盤，因以楸木製成，故稱。楸枰又引伸為圍棋。

對應舊版第四回的「窮年傳拳劍，長日迷楸枰」。

經年對長日、親對對、劍鋏對楸枰。

第四回　矯矯金蛇劍，翩翩美少年。

上句詠袁承志武藝初成，再入武林前輩奇人金蛇郎君夏雪宜埋骨的山洞，取出其佩劍金蛇劍。原來金蛇郎君遺下的劍譜有許多奇怪妙著，就是憑金蛇劍劍尖有鉤才可以運使。

下句的美少年是指女扮男裝的溫青青。

對應舊版第五回的回目：「絕頂來怪客，密室讀奇文。」舊版說袁承志學習金蛇郎君的武功，修訂版改用「矯矯金蛇劍」代替，再加對仗工整的下句「翩翩美少年」。

第五回　山幽花寂寂，水秀草青青。

這聯句純屬寫景，描述石樑溫家裡面溫青青的私人小天地。親手栽種的玫瑰花只可以給袁兄觀賞，那可惡的溫正要看，溫青青寧可一拍兩散都拔掉了。

對應舊版第六回的回目：「水秀花寂寂，山幽草青青。」舊句的平仄是：「仄仄平仄仄，平平仄平平。」修訂版將同樣的十個字挪移，變成：「平平仄仄仄，仄仄仄平平。」這樣方才合格律。

無論怎樣編排，這兩句詩的其實就是說：「山幽水秀，花寂草青」八個字。韻文就是講究如此這般的把弄文字游戲，四言加一疊字，就成為五言了。

第六回　逾牆摟處子，結陣困郎君。

這一回是溫儀憶述她石樑溫家與金蛇郎君夏雪宜的仇恨，與及由此引發的一段畸零戀情。上句說金蛇郎君潛入溫家，抱走溫儀，結果改變了兩人的一生。「處子」通常專指「處女」，即未出嫁的閨女，對應「處士」是未擔任公職的男人。下句說金蛇郎君被溫家五老的五行陣所困。

「逾牆」既寫實，也用了《詩經》的典：

將仲子兮，無踰我里，無折我樹杞。豈敢愛之？畏我父母。仲可懷也，父母之言，亦可畏也。

將仲子兮，無踰我牆，無折我樹桑。豈敢愛之？畏我諸兄。仲可懷也，諸兄之言，亦可畏也。

將仲子兮，無踰我園，無折我樹檀。豈敢愛之？畏人之多言。仲可懷也，人之多言，亦可畏也。

《詩・鄭風・將仲子》

這個典故，真是小查詩人的偏愛，《倚天屠龍記》第十三回〈不悔仲子踰我牆〉，引用得更直接。詳細解說就留待解說《倚天屠龍記》回目的四十句柏梁臺體詩再討論了。

對應舊版第七回的「懷舊鬥五老，仗義奪千金」和第八回的「柔腸泯殺機，俠骨喪奸謀」。「懷舊」是指溫儀回憶往事，這句真的不知所謂。「柔腸泯殺機」是指溫家五老利用溫儀給金蛇郎君送上下了放了「醉仙蜜」的那一碗蓮子羹。

踰牆對結陣、摟對破、處子對郎君。

第七回　破陣緣秘笈，藏珍有遺圖。

上句說袁承志用金蛇郎君的武功秘笈，破了溫家五老的五行陣。下句指《金蛇秘笈》中的「重寶之圖」，寶藏從來就是武俠小說、以至西方「探險文學」（Exploration Literature）、「歷險文學」（Adventure Literature）的常用橋段。

對應舊版第九回的「指撥算盤間，睡臥敵陣中」。上句說「銅筆鐵算盤」黃真的算盤，下句說袁承志對付五行陣時好整以暇。

破陣對藏珍、緣對有、秘笈對遺圖。

第八回　易寒強敵膽，難解女兒心。

這回寫袁承志破五行陣容易，卻不了解溫青青這個超級大醋埕的心事。青青為了袁承志用安小慧的玉簪打敗五老而大發脾氣。

對應舊版第十回的「情妒情原切，嬌嗔愛始真」。

易對難、寒對解、強敵膽對女兒心。

第九回　雙姝拚巨賭，一使解深怨。

上句說金龍幫幫主焦公禮的女兒焦宛兒與華山派的「飛天魔女」孫仲君賭賽。「一使」袁承志訛稱是金蛇郎君的使者，解開焦公禮和仙都派閔子華的仇怨。

舊版《碧血劍》寫閔子華這一夥是「武當派」，後來金庸寫了《倚天屠龍記》，張三丰手創的武當派威震天下，當然不能如閔子華那麼窩囊，於是將他們改為仙都派。

對應舊版的第十一回的「仗劍解仇紛，奪信見奸謀」和第十二回的「瀟洒破兩儀，談笑發五招」。

雙姝對一使、拚對解、巨賭對深怨。巨賭對深怨之對未善。

第十回　不傳傳百變，無敵敵千招。

上句寫木桑經青青之口，將「神行百變」傳給袁承志，因為不算親傳，所以說是「不傳」，實是不傳而傳。下句寫袁承志與二師哥「神拳無敵」歸辛樹劇鬥千招，「無敵」是指歸辛樹。

對應舊版第十三回的「無意逢舊侶，有心覓奇珍」和第十四回的「冀魯群盜集，燕雲大豪爭」。「舊侶」是指木桑，「奇珍」是指大功坊魏國公賜第裡覓得建文皇帝的遺寶。新舊回目取材不同，金庸為了對仗，在回目中略去了袁承志溫青青尋寶，與及群盜奪寶的事。

此聯對仗甚佳。

第十一回　慷慨同仇日，間關百戰時。

這裡用了袁崇煥的詩，寫袁承志以七省盟主的身份，率眾與入寇的清軍決戰。對應舊版第十五回的「險峽收萬眾，泰山會群英」。

原句是詩中的聯句而不是對聯，對仗的要求沒有真正對聯那麼嚴格。

第十二回　王母桃中藥，頭陀席上珍。

王母蟠桃的典無需多言，諸君讀過《西遊記》當知其事。這裡「桃中藥」是指董開山將茯苓首烏丸藏在送給「蓋孟嘗」孟伯飛的壽桃之中，以圖避過歸辛樹的攔途截劫。「王母」乃是假借，用以與「頭陀」對仗。「頭陀」是鐵羅漢，但「席上珍」卻是「聖手神偷」胡桂南的那一對朱睛冰蟾，後來袁承志用了其中一隻救了孟錚一命。蒙學經典《增廣賢文》有謂：「士者國之寶，儒為席上珍。」此句小查詩人應該讀過，原典的「席上珍」指儒生。

對應舊版第十六回的「鬧席擲異物，釋愆贈靈丹」。歸辛樹武功雖高，腦袋瓜子卻不甚明白，錯手將那不自量力的孟錚打成致命重傷垂危，結果袁承志以「席上珍」救了小孟一命，又以靈丹贈與二師哥以釋愆，算是揭過了師兄弟間的樑子。

此聯對仗亦工。

第十三回　揮椎師博浪，毀炮挫哥舒。

漢初三傑之一的張良（?至前一八九）原是戰國是韓國的公子，祖父與父親歷任五位韓王的宰相。曾命一力士在陽武縣博浪沙狙擊秦始皇（前二五九至前二一〇），結果這位運使大鐵椎的力士誤中副車，沒能成功，事在秦始皇二十九年（前二一八）。

晚唐詩人胡曾有一首《博浪沙》：

嬴政鯨吞六合秋，削平天下虜諸侯。
山東不是無公子，何事張良獨報讎？

動手的是那個無名力士，贏得好名的卻是張良，世事真不公平。我們廣府話有句俗語謂：「精人出口，笨人出手。」精人者，精明多計謀之人也，信焉！

古代的「山東」，範圍比今天的山東省為大。春秋戰國時指崤山、華山之東；唐宋則是太行山以東。太行山在今河南、河北、山西及北京市交界，比過去的崤山、華山東移。

上句借這個典故說及袁承志打算行刺清太宗皇太極（一五九二至一六四三），乃是效法大力士在博浪沙揮椎刺秦。

下句說袁承志一夥打敗了葡萄牙軍官，毀了紅衣大砲。

哥舒是唐代胡人的複姓，出於突騎施的哥舒部，以部落名為姓。姓哥舒的名將，最出名的當然是玄宗朝的哥舒翰（?-至七五六）。《全唐詩》收錄了一首《哥舒歌》，作者署名「西鄙人」（鄙者，邊境也），說的就是哥舒翰：

北斗七星高，哥舒夜帶刀。
至今窺牧馬，不敢過臨洮。

安史亂起，哥舒翰奉命守潼關，因為被楊國忠（?-至七五六）所迫，不得已出戰，兵敗被擒，後來被安祿山所殺。

金庸借「哥舒」以喻葡萄牙軍官。

這一回對應舊版第十七回的「同氣結金蘭，助威奪紅衣」。「結金蘭」是指袁承志與李岩結拜為兄弟，事在袁承志於北京救出安大娘之後。舊版寫袁承志僥倖沒有被石樑派的禿子和瘦子張春九殺死之後，帶了金蛇劍和大威小乖兩頭猩猩下山，到闖軍找師父，得到李岩招待。李岩要他留下金蛇劍和大威小乖，免得礙手礙腳。到了北京這第二次相見才結為兄弟，並交還金蛇劍和大威小乖。

修訂本改為袁承志下山前將金蛇劍插回洞壁（見第四回），兩頭猩猩也沒有帶同下山。改動之後，忽然早已「結為兄弟」，卻沒有「結為兄弟」的描寫，出了漏洞。至於金蛇劍，則改為啞巴帶到南京，好讓袁承志在戰清兵是可用，改得多難免出錯，以致前後不呼應：

《碧血劍》曾作了兩次頗大修改，增加了五分之一左右的篇幅。修訂的心力，在這部書上付出最多。

《碧血劍》〈後記〉

第十四回 劍光崇政殿，燭影昭陽宮。

這聯句作者已有解釋，不贅論。讀者可自行翻閱《碧血劍》的相關註釋。舊版寫袁承志毀炮之後便到北京，修訂版加多了行刺皇太極、與玉真子初會，和「預言」滿清必勝的一段（潘按：「預言滿清必勝」該是金庸的好朋友董千里先生最先提出，董先生與金庸小說的關係，可參考拙著《金庸與我——雙向亦師亦有全紀錄》）。

第十五回 纖纖出鐵手，矯矯舞金蛇。

上句令人想起《古詩十九首之二》：

青青河畔草，鬱鬱園中柳。
盈盈樓上女，皎皎當窗牖。
娥娥紅粉妝，纖纖出素手。
昔為倡家女，今為蕩子夫。
蕩子行不歸，空床難獨守。

不知金庸作此聯句時有沒有想到「娥娥紅粉妝，纖纖出素手」呢？

下句令我想起中樂的《金蛇狂舞》。

小時候喜歡看在電視重播香港五六十年代攝製的武打電影，尤其喜歡那些配樂。常常想為每一部金庸小說配一首樂曲。

《碧血劍》自當配以《金蛇狂舞》。

《書劍恩仇錄》可配《小刀會序曲》，小刀會和紅花會都是秘密幫會。

《射鵰英雄傳》必配《弓舞》，試問無弓怎能射鵰？

《神鵰俠侶》可配《東海漁歌》，因為感覺楊過在海邊練功的一段最能突出神鵰俠的「富岡百鍊」。

《天龍八部》可配《十面埋伏》，因為蕭峰的氣勢蓋過了虛竹和段譽。

《笑傲江湖》當配《陽春白雪》，這一首琵琶獨奏曲的調子輕快，很有「笑傲江湖」的韻味，比起現傳的《廣陵散》曲更能配合小說的境界，那用古琴彈奏的《廣陵散》實在教了有點死氣沉沉的感覺。

《鹿鼎記》可配《將軍得勝令》或《闖將令》，以表達最精采的「雲點旌旗秋出塞，風傳鼓角夜臨關。都護玉門關不設，將軍銅柱界重標。」兩聯。原本《將軍令》也合適，只不過此曲已經是少林派黃飛鴻「獨家專利」。

這回目對應舊版第十八回的「竟見此怪屋，乃入於深宮」和第十九回「虎虎施毒掌，盈盈出鐵手」。

第十六回　荒岡凝冷月，鬧市御曉風。

上句寫仙都派的閔子華為表明不可能刺殺焦公禮，不得已帶袁承志和焦宛兒去掌門師兄水雲道人養傷的荒岡解釋。

下句寫何鐵手在北京城中邀袁承志比試輕功和武藝，纏住了袁承志，好讓部屬去擒住青青等人。

對應舊版第二十回的「深宵發桐棺，破曉試蛇劍」。

第十七回　青衿心上意，彩筆畫中人。

這聯句用《詩・鄭風・子衿》的典：

青青子衿，悠悠我心。縱我不往，子寧不嗣音？

青青子佩，悠悠我思。縱我不往，子寧不來？

挑兮達兮，在城闕兮。一日不見，如三月兮。

青衿是學子的衣服，故可稱未當官的士子為青衿，後來又借指少年人，這裡是說袁承志。「挑達」原指往來自由，宋儒朱熹（一一三〇至一二〇〇）以「挑」為輕儇跳躍，「達」為放恣。所以「挑達」一詞變成貶義，如「挑達多淫」，那是罵人的話。

舊版中阿九卻吟詠另一「七絕」：

萬里春隨逐客來，十年花送佳人老。

去年花開我已病，今年對花還草草。

這首七言看來該是小查詩人的少作吧！合該刪去。

回目對應舊版第二十一回的「怨憤說舊日，憔悴異當時」和第二十二回的「心傷落花意，魂

「說舊日」是指何紅藥訴說金蛇郎君對她的薄倖無情。「落花有意，流水無情」，則是說阿九暗戀袁承志，與及何鐵手誤戀青青。

斷流水情」。

原典是白居易的《過元家履信宅》：

雞犬喪家分散後，林園失主寂寥時。
落花不語空辭樹，流水無情自入池。
風蕩驌船初破漏，雨淋歌閣欲傾敧。
前庭後院傷心事，唯是春風秋月知。

第十八回　朱顏罹寶劍，黑甲入名都。

上句寫崇禎帝用金蛇劍砍掉長平公主的左臂。下句寫李自成大軍陷北京。對應舊版第二十三回的「碧血染寶劍，黃甲入名都」。

弟。

第十九回　嗟乎興聖主，亦復苦生民。

這聯句寫闖軍入北京後軍紀敗壞，「聖主」二字大是諷刺。

對應舊版第二十四回的「兇險如斯乎，怨毒甚矣哉」，意指何紅藥和五毒教一夥暗算溫家兄弟。

第二十回　空負安邦志，遂吟去國行。

這聯句寫袁承志對時局失望，又再遇上當年回國求功名的張朝唐，張朝唐的遭遇與十多年前一模一樣，結果袁承志心灰意懶之餘，決定「移民」南洋。

對應舊版第二十五回的「群彥聚西嶽，眾豪泛南海」。

舊版沒有浡泥國華僑張朝唐這一節，卻有清末四公子的侯朝宗。金庸引了一首詩：

漁樵同話舊繁華，短夢寥寥記不差。
曾恨紅箋啣燕子，偏憐素扇染桃花。

笙歌西第留何客？煙雨南朝換幾家？

傳得傷心臨去語，每年寒食哭天涯。

此詩出自《桃花扇》，詩句中藏有《燕子箋》三字，那是大漢奸阮大鋮（一五八七至一六四六）的傑作。

舊版作結的聯句是：

滿堂花醉三千客，

一劍霜寒四十州。

出自唐末五代詩人貫休的《獻錢尚父》：

貴逼人來不自由，龍驤鳳翥勢難收。

滿堂花醉三千客，一劍霜寒十四州。

鼓角揭天嘉氣冷，風濤動地海山秋。

東南永作金天柱，誰羨當時萬戶侯。

後梁廢帝朱友珪冊封錢鏐為「尚父」（事在公元九一三年），友珪弒朱溫自立，做了幾個月的短命皇帝。錢鏐要貫休將「十四州」改為「四十州」。貫休說道：「州亦難添，詩亦難改。」

便放棄依附錢鏐，入蜀避亂。

這聯句選的不好，與小說的內容格格不入。

修訂版改用了老祖宗查慎行的聯句：

萬里煙霜迴綠鬢，
十年兵甲誤蒼生。

出自《慎旃集》的〈黔陽元日喜晴〉：

曙色晴光一片明，亂峰銜雪照孤城。
未吹北笛梅先落，纔及東風柳便輕。
萬里煙霜迴綠鬢，十年兵甲誤蒼生。
眼前可少豐年兆，野老多時望太平。

這一年是康熙二十一年壬戌（一六八二），三藩亂平，「十年兵甲誤蒼生」就是指這場大戰。

貴州省出了名是「三無三日晴，地無三尺平，人無三分銀」（或云人無三兩銀，既是那麼窮，當以「三分」為是），所以查慎行見天晴而喜，賦詩記之。

大亂過後，在雪下得不大（「瑞雪兆豐年」嘛！）的大年初一見曙光初露，詩人感太平有望，於是善祝善禱一番。

改選後，聯句本身與原詩詩意都更適合用在《碧血劍》的結局上，只是「望太平」卻要吟去國之行，真乃時代的悲哀！

樂土安在？

樂土安在？

第四章　跟隨金庸學平仄

第一節　金庸輪回一招

二零零九年初梁羽生先生逝世，但是先生辭世時還未過大年初一，算是不祿於戊子年，金庸則在戊戌年走完人生最後一程，所以兩位的世壽相差十年。金梁兩位都是一九二四年生，而金稍長近月。

金庸給老朋友的輓聯赫然是：

同行同事同年大先輩

亦狂亦俠亦文好朋友

這上下聯的腳句「輩」和「友」都是仄聲字，小查怎麼可以如此大意？「朋」字平聲，改為「好友朋」就是平聲字收了。

筆者間常對年紀差了一大截的小朋友說，對聯拿出來，起碼要句腳平仄是上句仄收、下句平收，才有可能蒙混過關，句腳都錯就太過礙眼了。

小朋友「學習潘老人家」的講話沒有專心留意，竟然說「我老人家」說對聯只要「句腳上仄下平」就可以。

冤哉枉也！

合該借此機會澄清。

我從沒說過對聯只需上下句句腳合平仄就可以，只是說上下句句腳平仄也錯就太過份了。

二零一八年，金庸也走了，劉詩人與潘小朋友見到金大俠靈堂上的對聯，真是不忍卒睹！

雖然小說以外的詩詞對聯創作不能影響小說的成績，但是潘國森雖然是「揚金抑梁派」，只能承認在詩詞對聯創作上，金庸要輸給梁羽生。

金庸的從遊者，會格律詩詞的人太少，給梁羽生徹底比下去了！我們見證了梁大師人生的最後一程，靈堂上掛有好的輓聯。

不過相對而言，金庸還是比梁羽生幸運得太多了！畢竟金庸有梁羽生這位良師益友，很早就公開直率地指正了老朋友的不足，於是金庸還有許多時間閉門重讀書。梁羽生的親近師友則沒有適時指點於他，或許這就是梁羽生沒有動機去修訂他賴以名成利就的一系列武俠小說吧！

第二節　「古四聲」與「今四聲」

漢字讀音有四聲，中國讀書人不可不知！

曰：平、上、去、入。

這四聲該如何分辨？

明代釋真空《玉鑰匙歌訣》云：「平聲平道莫低昂，上聲高呼猛烈強，去聲分明哀遠道，入聲短促急收藏。」這番話其實沒有太大的實用價值，反而是大量的唸誦最容易讓新人上手。

說到平仄的分別，上、去、入三聲都屬於仄聲。

分四聲、分平仄是中國漢字語音聲調的兩大分類分法。詩詞格律講究平仄，每一句的第幾字的平仄常有限制，有時只可以用平聲字而不可以用仄聲字，亦有反過來只可用仄聲不可用平聲，再有些是平仄不拘。但是腳句要押韻的字，就不但平仄有限制，還有韻部也要限制。

我們現在跟金庸一起（其實是跟金庸作的「雙劍聯」一起）學習平仄，就暫時可以將押韻這回事置之不理。

到了二十一世紀的今天，世界各國都有許多人要學中國語言文字。

現時他們所學，在書面語方面主流是學中國內地通行的簡化字（台灣、香港、澳門通用的叫「正體字」、「繁體字」或「傳承字」），口語則學普通話（普通話與我們都知道的國語、華語大同小異，為了從眾，還是用「普通話」這個說法），這是以北京話為主體的「人為方言」，而中國北方方言早已亡失了入聲字。

我們可以這麼說：「古四聲」是平、上、去、入；「今四聲」是陰、陽、上、去，也可以順序稱為一（陰平）、二（陽平）、三（上）、四（去）聲。

當中「陰」是陰平聲、「陽」是陽平聲，二者都是平聲，學過點普通話的外國朋友都可以明白。至於仄聲，在古代漢語口語有入聲字，所以仄聲是上、去、入三聲加起來。現時中國只有粵方言（廣東省）、閩方言（福建省）和客家方言仍然保留入聲字。

以普通話（或國語、華語）為母語的朋友，可能對入聲字難有甚麼概念。此下借清代著名小說、李汝珍的《鏡花緣》〈第三十一回〉〈談字母妙語指迷團、看花燈戲言猜啞謎〉來介紹一下，這一回書中的主角唐傲談到五聲，即是「陰、陽、上、去、入」，舉的例子是「通、同、桶、痛、禿」；林之洋的女兒林婉如則舉了「方、房、倣、放、佛」。

以筆者的廣府話母語做詩，禿字、佛字仍是入聲字，不會出錯。

現時廣府話「方房倣放」對應的入聲字是「霍」而不是「佛」。

北方方言「禿」字唸陰平聲（漢語拼音：tū，注音：ㄊㄨ。）；「佛」字唸陽平聲（漢語拼音：fó，注音：ㄈㄛˋ。）。兩字都派入了平聲，以普通話的平仄來做格律詩就錯了！

現時中國讀書人做格律詩（金庸、梁羽生等等都無例外！）都要按金朝王文郁編刊的「平水韻」，但是「平水韻」原著已失傳，大家都是按清代康熙朝成書的《佩文詩韻》做詩。

讀者如果有讀點格律詩，當知道古人開口「三千」、閉口也是「三千」，泛言其數目眾力時都說「三千」，原因何在？

實情是數目字由一到十，再到百千萬等，就只有「三」和「千」才是平聲字。

禿（漢語拼音：tū；注音：ㄊㄨ；陰平聲。粵拼：tuk7，陰入聲。）

佛（漢語拼音：fó；注音：ㄈㄛˋ；陽平聲。粵拼：fat9，陽入聲。）

霍（漢語拼音：huò；注音：ㄏㄨㄛˊ；去聲。粵拼：fok，中入聲。）

一（漢語拼音：yī，注音：ㄧ，陰平聲。粵拼：jat7，陰入聲。）

二（漢語拼音：èr，注音：ㄦˋ，去聲。粵拼：ji6，陽去聲。）

三（漢語拼音：sān，注音：ㄙㄢ，陰平聲。粵拼：saam1，陰平聲。）

四（漢語拼音：sì，注音：ㄙˋ，去聲。粵拼：sei3，陰去聲。）

五（漢語拼音：wǔ，注音：ㄨˇ，上聲。粵拼：ng5，陽上聲。）

六（漢語拼音：liù，注音：ㄌㄧㄡˋ，去聲。粵拼：luk9，陽入聲。）

七（漢語拼音：qī，注音：ㄑㄧ，陰平聲。粵拼：cat7，陰入聲。）

八（漢語拼音：bā，注音：ㄅㄚ，陰平聲。粵拼：baat8，中入聲。）

九（漢語拼音：jiǔ，注音：ㄐㄧㄡˇ，上聲。粵拼：gau2，陰上聲。）

十（漢語拼音：shí，注音：ㄕˊ，陽平聲。粵拼：sap9，陽入聲。）

百（漢語拼音：bǎi，注音：ㄅㄞˇ，上聲。粵拼：baak8，中入聲。）

千（漢語拼音：qiān，注音：ㄑㄧㄢ，陰平聲。粵拼：cin1，陰平聲。）

萬（漢語拼音：wàn，注音：ㄨㄢˋ，去聲。粵拼：maan6，陽去聲。）

億（漢語拼音：yì，注音：ㄧˋ，去聲。粵拼：jik7，陰入聲。）

從以上的例子，我們可以知道在格律詩入面仍當為「入聲」的字，在全國通行的普通話已經派到平、上、去三聲。派入上、去聲的仍是仄聲，如「六」、「百」。但是派入平聲的，如「一」、「七」、「十」，就平仄不協了。

第三節　五言句的平仄格律

上文簡略地講解了現代漢語（國語、華語）的平仄，與詩律平仄的差異。金庸小說的讀者要效法金庸自學平仄，已經比起上世紀六七十年代方便得太多了，因為大家可以在互聯網輕易找到與平水韻相關的資源。

此下為了醒目，我們用圓圈（○）代表平聲，黑點（●）代表仄聲。

我們先從五言句後三字的平仄入手，總共有八個可能的組合：

平仄仄　○●●

仄平平　●○○

平平仄　○○●

仄仄平　●●○

平仄平　○●○

仄平仄　●○●

仄仄仄　●●●

平平平　○○○

當中後四種不用。原因是第五、第六個組合是平仄交錯，第七、第八則是三字同平仄，即所謂「三連仄」、「三連平」。

於是剩下四個組合：

平仄仄　○●●

仄平平　●○○

平平仄　○○●

仄仄平　●●○

以這樣後三字的組合為基礎，再補回前面第一、二字。前兩組合加上同平仄的字，後兩組合加上不同平仄的字。至於為甚麼這樣加，我們現在只是要速成學會五言句的平仄，暫時置之不論。

四種五言句的基本組合就出來了：

○○○●●（平起仄收）

平平平仄仄

●●●○○（仄起平收）

仄仄仄平平

●●○○●（仄起仄收）

仄仄平平仄

○○●●○（平起平收）

平平仄仄平

但是這個還未是最「終極」的格式，五言句的第一字再變成可平可仄，用「雙圈」（◎）代表，唯有最後一個「平起平收」的第一字不可以用仄聲，否則全句就是「仄平仄仄平」

（●○●●○），全句沒有出現起碼兩個平聲字連在一起。

於是五言句的四個「終極」平仄格式就出來了，然後一個仄收、一個平收合為五言論的格式。

於是五言聯有兩個格式：

（一）平起格

◎○○●●（平起仄收）

可平平仄仄

◎●●○○（仄起平收）

可仄仄平平

（一）仄起格

◎●○○●（仄起仄收）

可仄平平仄

○○●●○（平起平收）

平平仄仄平

兩個格都是上句（又稱「出句」）仄聲收、下句（又稱「對句」）平聲收。

至於「平起」或「仄起」的說法，因為第一字經常平仄不拘，所以其實是以第二字的平仄為準！

以上是筆者能夠想到最快講完五言聯格式的辦法！

讀者如果看得不太明白，可以重看這一節，也可以邊讀邊理解，就讓我們從《碧血劍》回目入手！

第四節 《碧血劍》回目校訂

第一回 危邦行蜀道

○○○●●

亂世壞長城

●●●○○ 合律

這是「平起格」，第一字不論平仄，即是上句的「危」和下句的「亂」原本都是可用平聲或仄聲，現在「小查詩人」仍是上句第一字用平聲「危」、下句第一字用仄聲「亂」。

附帶一提，「蜀」字本是入聲，但是在現代漢語（國語、華語）派入上聲（漢語拼音：shǔ；注音：ㄕㄨˇ；陰平聲。粵拼：suk9，陽入聲。），不影響平仄。

這裡「邦」字屬平聲，如果必須要用仄聲，可以選同義的「國」字，例如第二十回有「空負安邦志，遂吟去國行」。當然，從訓詁學的角度來看，「邦」與「國」是可以有分別的，否則就不用有兩個字，但是大部份語言環境都可以通用。

第二回　恩仇同患難

○○○●●

死生見交情

●○●○○　下句不合律

第二回也是「平起格」，但是下句不合律，可以改為：

潘修：　生死見交情

○●●○○　合律

按「平起格」的下句該是：「可仄仄平平」，第一字可以用平聲字「生」。

為甚麼「小查詩人」會大意犯錯？

費解！

故此潘某人真的非常感謝「劉詩人祖農校長」！

因為他老人家指出了「小查」的「飛雪連天射白鹿、笑書神俠倚碧鴛」是拗句，潘某人才會想到應要重新檢視「小查」的《雙劍聯》！那就找不到失律處，就不會想到借《雙劍聯》讓所有忠實的金庸迷一起學做對聯。

第三回　經年親劍鋏

○○○●●

長日對楸枰

○●●○○

合律

第三回也是下句第一字用平聲。

第四回　矯矯金蛇劍

●●○○●

翩翩美少年

○○●●○

合律

第四回用「仄起格」。

第五回　山幽花寂寂

○○○●●

水秀草青青

●●●○○　合律

第五回用「平起格」。

第六回　踰牆摟處子

○○○●●

結陣困郎君

●●●○○　合律

第六回也是用「平起格」。

第七回　破陣緣秘笈　●●○●●

藏珍有遺圖　○○●○○　不合律

這回目的平仄「小查」錯得很離奇，要「斧正」先得保留後兩字不變，那就要用「平起格」了：

潘修：解圍緣秘笈　●○○●●

藏寶有遺圖　○●●○○　合律

下句易改，用仄聲的「寶」代替平聲的「珍」即可。「珍」與「寶」在訓詁學上屬「同義詞」，但是當然不是任何場合都可以通用，只是「一義通同」而已。

上句只能想到用「解圍」來代替「破陣」，在於袁承志本人是破了「五行陣」，但是在於黃真大師哥則只是靠小師弟袁承志現場提點而解圍出陣。礙於「小潘」的水平，只能這樣幫「小查」，歡迎海內外高明君子賜教指正。

第八回　易寒強敵膽

●○○●●

難解女兒心

○●●○○　合律

第九回　雙姝拚巨賭

○○？●●

一使解深怨

●●●○○　合律？

這個拚字，按《佩文詩韻》屬去聲，唸去聲（漢語拼音：pàn；注音：ㄆㄢˋ。）現代其中一個用法是解作捨棄、不願惜。常用詞有拚命、拚死等。去聲是仄聲，不合律。但是現代「拚」與「拼」相通，按《廣韻》這個拼字就唸平聲（漢語拼音：pīn；注音：ㄆㄧㄣ。）在廣府話這個「拚／拼」的讀音也很有爭議，既可讀陰平聲的「ping1」、陰去聲的「pun3」，日常口語還有唸陰上聲的「pin2」。

總之，按《佩文詩韻》算不合律，依《廣韻》則合律。

第十回　不傳傳百變
●○○●●
無敵敵千招
○●●○○　合律

第十一回　慷慨同仇日

○●○○●

間關百戰時

○○●●○

合律

第十二回　王母桃中藥

○●○○●

頭陀席上珍

○○●●○

合律

第十三回　揮椎師博浪

○○○●●

毀炮挫哥舒

●●●○○

合律

第十四回　劍光崇政殿

●○○●●

燭影昭陽宮

●●○○○　下句不合律

原作用「昭陽宮」的典，為了不歪「小查詩人」旨趣，不提修改建議，因為實在想不出，還是留待高明君子賜教吧。

第十五回　纖纖出鐵手

○○●●●

矯矯舞金蛇

●●●○○　上句不合律

新版：

嬌嬈施鐵手
○○○●●
曼衍舞金蛇
●●●○○　合律

「小查詩人」在新三版已經自行修正，出錯的原因看來也是為了「入派三聲」，「出」字按「平水韻」是入聲，派入了「陰平聲」。（漢語拼音：chū，注音：ㄔㄨ，陰平聲。粵拼：ceot7，陰入聲。）

第十六回　石岡凝冷月
●○○●●
鐵手拂曉風
●●●○○　合律

新版：

荒崗凝冷月
○○○●●
纖手拂曉風
○●●○○　合律

「拂」在現代漢語（國語、華語）是陽平聲，但是「平水韻」是入聲。

第十七回　青衿心上意
○○○●●
彩筆畫中人
●●●○○　合律

第十八回　朱顏罹寶劍
○○○●●

黑甲入名都
●●●○○　合律

第十九回　嗟乎興聖主
○○○●●
亦復苦生民
●●●○○　合律

第二十回　空負安邦志
○●○○●
遂吟去國行
●○●●○　不合律

潘修：　唯吟去國行
○○●●○　合律

第五節　七言句的平仄格律

七言句的平仄格式，是在五言句之前再加兩字，「平起」變「仄起」、「仄起」變「平起」。

○○○●●（平起仄收）　　●●○○○●●（仄起仄收）
平平平仄仄　　仄仄平平平仄仄

●●●○○（仄起平收）　　○○●●●○○（平起平收）
仄仄仄平平　　平平仄仄仄平平

●●○○●（仄起仄收）

仄仄平平仄

○○●●○（平起平收）

平平仄仄平

○○●●○○●（平起仄收）

平平仄仄平平仄

●●○○●●○（平起平收）

仄仄平平仄仄平

然後第一字都是可平可仄，得出兩種七言聯的格式：

（一）仄起格

◎●◎○○●●（仄起仄收）

可仄可平平仄仄

◎○◎●●○○（平起平收）

可平可仄仄平平

（二）平起格

◎○◎●○○●（平起仄收）

可平可仄平平仄

◎●○○●●○（仄起平收）

可仄平平仄仄平

讀者應注意，「仄起平收」的句式，只第一字可平可仄，第三字只能用平聲而不能變，其他三種句式都是第一、第三字可變平仄。

第六節　《書劍恩仇錄》回目校訂

《書劍恩仇錄》回目，要到第五回才失律。

第一回

古道騰駒驚白髮

●●○○○●●

危巒快劍識青翎

○○●●●○○

合律

第二回

金風野店書生笛

○○●●○○●

鐵膽荒莊俠士心

●●○○●●○

合律

第三回

避禍英雄悲失路

●●○○○●●

尋仇好漢誤交兵

○○●●●○○

合律

第四回　置酒弄丸招薄怒
●●●○○●●
還書貽劍種深情
○○○●●○○　合律

第五回　烏鞘嶺口拚鬼俠
○○●●○●●
赤套渡頭扼官軍
●●●○●○○　不合律

此聯還鬧了雙胞！在個別新三版上聯作「烏鞘嶺口逢鬼俠」，以平聲字「逢」代替了「拚」。

「烏鞘嶺」和「赤套渡」是地名，如放在句前，就限制了只能用平起格。

潘修一：　烏鞘嶺口逢雙俠
○○●●○○●
赤渡灘頭扼馬軍
●●○○●●○　合律

紅花會「黑白無常」又有「四川雙俠」之稱，不過下聯第三字不能用仄聲，「赤套渡」簡稱「赤套」或「赤渡」屬於可以接受的剪裁，只不過那處地方可能流水湍急，不一定有「灘」，限於才力，只能想到這樣改。稱「鐵甲軍」為「馬軍」尚可。

如果變一變句法，倒可以這樣：

潘修二：　途逢鬼俠烏鞘嶺
○○●●○○●
地扼官軍赤渡頭
●●○○●●○　合律

又或者：

潘修三：

驚逢鬼俠烏鞘嶺
○○●●○○●

愁扼官軍赤渡頭
○●○○●●○ 合律

第六回

有情有義憐難侶
●○●●○●●

無法無天賑饑民
○●○○●○○ 不合律

常用四字詞在詩歌中可以挪移次序：

潘修：

有義有情憐難侶

●●●○○●●

無天無法賑饑民　　合律

○○○●●○○

第七回

琴音朗朗聞雁落

○○●●○●●

劍氣沉沉作龍吟　　不合律

●●○○●○○

同樣稍換次序：

潘修：

朗朗琴音聞雁落

●●○○○●●

沉沉劍氣作龍吟
○○●●●○○　合律

第八回

千軍嶽峙圍千頃
○○●●○○●
萬馬潮洶動萬乘
●●○○●●○　合律

第九回

虎穴輕身開鐵銬
●●○○○●●
獅峰重氣擲金針
○○●●●○○　合律

第十回　煙騰火熾走豪俠
○○●●●○●
粉膩脂香羈至尊
●●○○○●○　不合律

建議：

潘修：煙騰火熾飛豪俠
○○●●○○●
粉膩脂香賺至尊
●●○○●●○　合律

「飛」字嫌未善，靜候海內外高明君子斧正。「賺」字則不差，借用《三國演義》第一百零六回回目〈公孫淵兵敗死襄平，司馬懿詐病賺曹爽〉。「賺」在此解作「欺騙」，勾起許多童年回憶。

第十一回 高塔入雲盟九鼎
○●●○○●●
快招如電顯雙鷹
●○○●●○○
合律

第十二回 盈盈彩燭三生約
○○●●○○●
霍霍青霜萬里行
●●○○●●○
合律

第十三回 吐氣揚眉雷掌疾
●●○○○●●
驚才絕艷雪蓮馨
○○●●●○○
合律

第十四回　密意柔情錦帶舞

●●○○●●●

長槍大戟鐵弓鳴

○○●●●○○　不合律

錦字為上聲，不明因何金庸會出錯，按小說情節，或可改「錦」為平聲字「金」、「腰」。

第十五回　奇謀破敵將軍苦

○○●●○○●

兒戲降魔玉女瞋

○●○○●●○

第十六回　我見猶憐二老意

●●○○●●●

誰能遣此雙姝情

○○●●○○○　不合律

潘修：我見猶憐雙老意

●●○○○●●

誰能遣此二姝情

○○●●●○○　合律

第十七回　為民除害方稱俠

●○○●○○●

抗暴蒙污不愧貞

●●○○●●○　合律

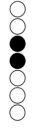

第十八回　驅驢有術居奇貨

○○●●○○●

除惡無方從佳人

○●○○○○○　　不合律

潘修：除惡無方聽玉人

○●○○●●○　　合律

「從」字有平聲、去聲的讀法，「依從」、「順從」等的「從」只能讀平聲。「聽」字現在普通話（國語／華語）只讀平聲，廣府話仍保留去聲。如怕「麻煩」（或有讀者以今音糾繩詩韻），改用「順」字、「靠」字亦可。

第十九回　心傷殿隅星初落

○○●●○○●

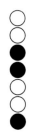

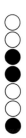

魂斷城頭日已昏

○●○○●●○　合律

第二十回　忍見紅顏墮火窟

●●○○●●●

空餘碧血葬香魂

○○●●●○○　不合律

潘修：忍見紅顏投火窟

●●○○○●●　合律

「墮」字可讀平聲，但屬於另一種解法，作「落下」解只能讀去聲。而且香香公主是主動犧牲自己，用「投」字應當更佳。

第五章　各中短篇出現的詩詞

金笛秀才下馬吹橫笛（《書劍》第四回）

一：快馬不須鞭

快馬不須鞭，拗折楊柳枝，下馬吹橫笛，愁殺路旁兒。

《梁胡吹歌》

二：愁殺路旁兒

《書劍恩仇錄》第四回〈置酒弄丸招薄怒，還書貽劍種深情〉，回目聯句的上句寫紅花會七當家「武諸葛」徐天宏略施小計，戲弄日後的嬌妻「俏李逵」周綺。下句則帶出《書劍恩仇錄》書名中的一書一劍，「翠羽黃衫」霍青桐感念紅花會裏助奪回族中聖物之德，以寶劍贈予總舵主陳家洛。

這詩歌是十四當家「金笛秀才」余魚同所吟，對象是新任浙江水陸提督李可秀屬下的參將曾圖南。余秀才要吹奏十套大曲，逼曾圖南一行聽完才可放行，曾圖南不肯，余秀才便借題發揮：

余魚同道：「我這十套曲子，你今日聽定了。在下生平最恨阻撓清興之人，不聽我笛子，便是瞧我不起。古詩有云：『快馬不須鞭，拗折楊柳枝。下馬吹橫笛，愁殺路旁兒。』古人真有先見之明。」橫笛當唇，又吹將起來。

《書劍恩仇錄》第四回〈置酒弄丸招薄怒，還書貽劍種深情〉

歌中有「不須鞭」、「下馬」和「愁殺路旁兒」，正好配合當時情境，要聽十首曲，當然要曾圖南下馬、不須用鞭、坐路旁兒，那自然要愁殺了。

這麼一個無關痛癢的小節，也動用到古代詩歌，而且十分對題，難怪金庸會得到當代中國文學界最崇高的地位。

三：胡篪

原作於《舊唐書》有載：

篪，吹孔有觜如酸棗。橫笛，小篪也。漢靈帝好胡笛，五胡亂華，石遵玩之不絕音。《宋書》云：「有胡篪出於胡吹。」則謂此。梁胡吹歌云：「快馬不須鞭，反插楊柳枝。下馬吹橫笛，愁殺路傍兒。」此歌辭元出北國。之橫笛皆去觜，其加觜者謂之義觜笛。

《舊唐書・音樂志・八音之屬》

篪從竹，自然是竹管樂器。余魚同之笛以黃金打造，與別不同。中國讀書人應當知道漢靈帝，因為在《三國演義》有戲份。石遵則是東晉五胡十六國的後趙國短命皇帝，在位不足二百日。

陳家洛兄弟論兩首納蘭詞（《書劍》第七回）

一：《金縷曲》

德也狂生也。偶然間、緇塵京國，烏衣門第。有酒惟澆趙州土，誰會成生此意。不信道、竟逢知己。青眼高歌俱未老，向尊前、拭盡英雄淚。君不見，月如水。

共君此夜須沈醉。且由他、蛾眉謠諑，古今同忌。身世悠悠何足問，冷笑置之而已。尋思起、從頭翻悔。一日心期千劫在，後身緣、恐結他生裡。然諾重，君須記。

納蘭性德《金縷曲・贈梁汾》

未得長無謂。竟須將、銀河親挽，普天一洗。麟閣才教留粉本，大笑拂衣歸矣。如斯者，古今能幾。有年限好春無限恨，沒來由、短盡英雄氣。暫覓箇，柔鄉避。

東君輕薄知何意。儘年年、愁紅慘綠，添人憔悴。兩鬢飄蕭容易白，錯把韶華虛費。便決計、疏狂休悔。但有玉人常照眼，向名花美酒拚沈醉。天下事、公等在。

納蘭性德《金縷曲》

二：納蘭性德

上引兩首《金縷曲》詞，出自清代大詞人納蘭性德（一六五五至一六八五）手筆。性德，原命成德，因太子允礽字保成，須避諱而改；字容若，滿州正黃旗人，父親是武英殿大學士明珠（一五三五至一七〇八）。明珠在金庸筆下，是個很會拍馬屁的高官，明珠是正宗的正黃旗人，與韋小寶「入滿州抬旗」不一樣。

納蘭性德這個短命詞人的壽元，依公曆來計虛歲是三十一。但是他實際上在一六五五年一月出生，還沒有過農曆年，該算順治十一年甲午年年底出生，死在康熙二十四年乙丑年五月，用中國人的算法，是「年三十二卒」。納蘭性德是大臣明珠之子，進士出身，授三等侍衛，死時任一等侍衛。性德是小玄子的親信，康熙二十一年曾到黑龍江偵察羅剎國情勢，金庸沒有讓他在《鹿鼎記》中出場，他病死時韋小寶正在當其通吃伯。

《金縷曲．贈梁汾》是送給文友顧貞觀（一六三七至一七一四），梁汾是顧的別字。明珠聘顧貞觀為西賓，性德與這位年齡與父親明珠同樣大的文友一見如故，成為莫逆之交。這首詞寫在康熙十五年丙辰（一六七六）。

三：三天竺針鋒相對

金庸在《書劍恩仇錄》第七回〈琴音朗朗聞雁落，劍氣沉沉作龍吟〉安排乾隆（其時化名東方耳，耳東暗扣陳字）和陳家洛（當時化名陸嘉成，是陳家洛倒轉來唸）用幾句《金縷曲》對答。

乾隆道說：「且由他、蛾眉謠諑，古今同忌。身世悠悠何足問，冷笑置之而已。」

陳家洛則應之以：「大笑拂衣歸矣。如斯者古今能幾？……向名花美酒拚沈醉。天下事、公等在。」

事緣陳家洛帶同心硯遊三天竺，因為貌似福康安而沒有被乾隆手下的侍衛攔阻，於是兩兄弟便有緣見面，以琴會友。由論琴中的戰伐意而到談時局與紅花會；到心硯露了一手暗器功夫；到陳家洛顧左右而言他；到把玩陳家洛的摺扇；到談扇上納蘭性德的題詞。

乾隆便借題發揮，陳家洛用納蘭詞應對：

東方耳又道：「納蘭公子絕世才華，自是人中英彥，但你瞧他詞中有這一句：『且由他蛾眉謠諑，古今同忌。身世悠悠何足問，冷笑置之而已。』未免自恃才調，過於冷傲。少年不壽，詞中已見端倪。」說罷雙目盯住陳家洛，意思是說少年人恃才傲物，未必有甚麼好下場。陳家洛笑道：「大笑拂衣歸矣，如斯者古今能幾？向名花美酒拼沉醉。天下事，公等在。」這又是納蘭詞。

「身世悠悠何足問」一句，原本是納蘭性德以滿州貴公子的身份，而與漢人文士顧貞觀深交，便生起不滿自己身世的想法。「冷笑置之」更是衝著陳家洛的傲慢態度而來，話中有話。陳家洛亦狂傲到底，你東方耳說「自恃才調」便會「少年不壽」，我「陸嘉成」卻因《遊俠列傳》而仰慕英雄俠士，「大笑拂衣」，視死如歸。名花即是美人，信陵君亦不過死於美人醇酒之間，「天下事，公等在」。眼前的東方耳願代托引薦一官半職，實非眼前狂生所欲。

金庸巧妙的節錄了兩首《金縷曲》，略作剪裁，把不合用的刪去。

四：少年不壽見端倪

《金縷曲．贈梁汾》裡面的「德」和「成生」都是作者自稱。緇即黑色，緇衣又常指黑色的僧衣，因此《飛狐外傳》的女主角圓性（袁紫衣）便以「緇衣」的諧音作名，圓字的諧音姓袁的諧音。烏衣門第的典，指東晉南渡後王導、謝安兩大家族居於建康烏衣巷，兩家子弟好穿烏衣。「偶然間」一語，顯示出百般無奈！性德雖然貴為正黃旗世家子弟，但是對清初滿漢間的矛盾、統治者與對被統治者的高壓卻有深刻的體會。人生在世，許多事都可以自己主宰，唯有生父生母不由得人選擇。詞的前四句說此。

李賀詩：「買絲繡作平原君，有酒惟澆趙州土。」「有酒」三句，寫能結識得顧貞觀這樣的知己，是萬萬想不到世上竟有人如此了解自己。平原君趙勝是戰國四公子之一，四公子都喜交賓客。「青眼」四句，說二人對酒當歌，月下暢談，到感觸處便流下英雄淚。青眼，用竹林七賢之一阮籍的典，阮籍是桃花島主黃藥師的「偶像」。阮籍能作青白眼，青即是黑色，遇俗士以白眼相加，見好朋友則視以青眼。這是說阮籍的眼球肌很靈活，遇上俗士翻起眼球，由眼白對著人家，也就是看也不看一眼，是無禮到極的行徑。遇上好朋友以黑睛相對，即是望著對方。

「蛾眉謠琢」用屈原《離騷》的典：「眾女嫉余之蛾眉兮，謠琢謂余以善淫。」謠琢即是造謠誹謗。有好事之徒拿著兩句來編派屈原為楚懷王的孌童，實在無事生非！用女子的口吻只是比喻，不是屈原的自況。

「劫」是佛家語，金庸小說的讀者不會陌生，天地形成到毀滅謂之一劫。「後身」亦是佛家語，指死後輪迴。「心期」是心中期許，納蘭性德自覺與顧貞觀的交誼之深，一輩子也不夠，還要來生再續今生緣！顧貞觀讀此詞也極為感動，認為「他生再結」語甚不祥。結果九年後納蘭性德便離開人世。

另一首《金縷曲》是反戰詞。前三句用杜甫《洗兵馬》的典：「安得壯士挽天河，淨洗甲兵長不用。」麟閣是麒麟閣，在長安未安宮內，漢宣帝時畫功臣畫像於閣內。洗淨了戰甲，畫像又留在麒麟閣內，接下來的自然是大笑拂衣歸。

歸何處？溫柔鄉去！

「東君」是指司春之神，中國東面向海，春天便多吹東風。金庸在《笑傲江湖》引徐渭的梅花詩：「從來不信梅花譜，著手拈來便有神。不信試看千萬樹，東方吹著便成春。」這首詞的前半說得灑脫，後半卻多怨言，倒似是「尋思起、從頭翻悔」。這大笑拂衣歸是真笑嗎？英雄氣短，借溫柔鄉暫避而已。東君豈有輕薄之意？人心情好的時候，紅花綠葉舞春風，何來憔悴？人的心情不好，才因兩鬢飄蕭而天愁地慘。

兩首詞都標榜一個狂字，狂中卻有悔意，借酒澆愁，酒入愁腸，徒增傷感。不建功立業，又有甚麼事可做？詞人的心情，真是矛盾得很。

西湖夜月（《書劍》第七回）

一：酒船清夜勝笙歌

共說西湖天下景，秋來有月更奇哉。
寒波拍岸金千頃，灝氣涵空玉一杯。
桂子遠從雲外落，藕花多在露中開。
酒船清夜乘清興，絕勝笙歌日往來。

高得暘〈錢塘十景之一．西湖夜月〉

二：為昔賢聯句造景

《書劍恩仇錄》第七回〈琴音朗朗聞雁落，劍氣沉沉作龍吟〉，寫陳家洛與三當家「千臂如來」趙半山夜闖浙江巡撫衙門，驚覺先前邂逅的東方耳竟然是當今皇帝！形跡已露，便邀請皇帝賞月。回目聯句的上句說陳家洛在杭州名勝三天竺彈的〈平沙落雁〉，下句說西湖舟中，紅花會匪徒大戰御前待衛，詠紅花會二當家「奪命追魂劍」無塵道人的劍法。

這回最後一段，陳家洛引了「昔賢」兩句詩：

數百艘小船前後左右擁衛，船上燈籠點點火光，天上一輪皓月，都倒映在湖水之中，湖水深綠，有若碧玉。陳家洛見此湖光月色，心想：「西湖方圓號稱千頃。昔賢有詩詠西湖夜月，云：『寒波拍岸金千頃，灝氣涵空玉一杯。』麗景如此，誠非過譽。」

《書劍恩仇錄》第七回〈琴音朗朗聞雁落，劍氣沉沉作龍吟〉

月光和火光倒映在湖上，於是小查詩人拈來「金千頃」。不知他創作這一段時，先有景再找昔賢詩句，還是先決定用昔賢詩句，才安排陳家洛這樣心情？

我猜該是後者。

三：宗人府經歷

作這首詩的昔賢，為明初的高得暘，著有《節菴集》，其書在《四庫全書存目叢書》有收。

高得暘字孟升，號節菴，錢塘人，曾任《永樂大典》的副總裁。這位文臣卻在《明史》無傳，他於明成祖永樂八年因解縉私見太子（後來的明仁宗朱高熾）一案被牽連，死於獄中，當時任正五品的宗人府經歷司經歷。

以明代官員員額，這個五品官已經是宗人府真正辦事的官員中品位最高者，經歷負責的工作是「出納文移」。清代的宗人府除多了正三品的府丞，還加插了正五品的左右二司理事官，從五品的副理事官共五名上司，然後才到正六品（品秩比明代降了兩級）的經歷司經歷（經歷司是部門名，經歷是官名）。

並刀如水，吳鹽勝雪（《書劍》第十回）

一：纖指破新橙

並刀如水，吳鹽勝雪，纖指破新橙。錦幄初溫，獸香不斷，相對坐調笙。低聲問：向誰行宿？城上已三更。馬滑霜濃，不如休去，直是少人行。

周邦彥〈少年遊〉

二：以道君皇帝比十全老人

《書劍恩仇錄》第十回〈煙騰火熾走豪俠，粉膩脂香羈至尊〉，寫紅花會群豪先救出文泰來，再將乾隆皇帝手到擒來。走豪俠憑豪奪，羈至尊以智取。

玉如意擲過來的紅色汗巾包得有糖藕、百合各一塊，前喻「佳偶」，後示「好合」，風流天子便入羅網。再琵琶一曲，自然休去、休去：

玉如意取過琵琶，輕攏慢拈，彈了起來，一開口「並刀如水，吳鹽勝雪」，唱的是周美成的一曲〈少年遊〉。

乾隆一聽大悅，心想當年宋徽宗道君皇帝夜幸名妓李師師，兩人吃了徽宗帶來的橙子，李師師留他過夜，悄悄道：「外面這樣冷，霜濃馬滑，都沒甚麼人在走啦，不如別去啦。」哪知給躲在隔房的大詞人周美成聽見了，把這些話譜入新詞。徽宗雖然後來被金人擄去，但風流蘊藉，丹青蔚為一代宗師，是古來皇帝中極有才情之人，論才情我二人差相彷彿，福澤自不可同日而語，當下連叫：「不去啦，不去啦！」

《書劍恩仇錄》第十回〈煙騰火熾走豪俠，粉膩脂香羈至尊〉

小查詩人選「並刀如水，吳鹽勝雪」兩句的用意，講得清楚明白，但卻只點頭兩句而不引用全首詞，則是大家的高招。因為細讀全首詞，可能會覺得那個有趣的故事未必靠得住。

三：同牌異格

說到〈少年遊〉，讀者一定會想起〈天龍八部詞〉之一，段十回〈少年遊〉：

青衫磊落險峰行。玉壁月華明。馬疾香幽。崖高人遠。微步縠紋生。
誰家子弟誰家院。無計悔多情。虎嘯龍吟。換巢鸞鳳。劍氣碧煙橫。

金庸〈少年遊．本意〉

小查詩人用的是正格，上下片都是五句，共五十字，正宜作「段十回」的回目。這個格式上片行、明、生，和下片的情、橫共五字押韻。

周邦彥這首〈少年遊〉是別格，共五十一字，上片的橙、笙，下片的更、行四字押韻。世傳周邦彥與宋徽宗為李師師而爭風呷醋，因為這首詞而被外放，後來因為宋徽宗愛才，周邦彥才得以回京。

看看兩個情敵的生卒年。周邦彥（一〇五六至一一二一），宋徽宗趙佶（一〇八二至一一三五），則周美成比宋徽宗年長二十六歲。周詞人死於宣和三年，幾年後就發生靖康之變。

「後人詠」與仿御製詩（《書劍》第十回）

一：後人《西江月》

鐵甲層層密布，刀槍閃閃生光，忠心赤膽保君皇，護主平安上炕。
湖上選歌徵色，帳中抱月眠香。刺嫖二客有誰防？屋頂金鉤鐵掌。

「佚名」《西江月》

二：嫖客變肉參

中國傳統章回小說，常有在半路中途來個「後有人詩（詞）曰」之類，金庸第一部作品《書劍恩仇錄》有最多舊章回小說的影子，所以少不了依樣葫蘆。這個「後人」，當然正正是小查詩人，先給這後人之作做足註解：

皇帝在房裡興高采烈的喝酒聽曲，白振等人在外面卻忙得不亦樂乎。這時革職留任、戴罪圖功的浙江水陸提督李可秀統率兵丁趕到，將巷子團團圍住，他手下的總兵、副將、參將、遊擊，把巷子每一家人家搜了個遍，就只剩下玉如意這堂子沒抄。白振帶領了侍衛在屋頂巡邏，四周弓箭手、鐵甲軍圍得密密層層。古往今來，嫖院之人何止千萬，卻要算乾隆這次嫖得最為規模宏大，當真是好威風，好煞氣，於日後「十全武功」，不遑多讓焉。後人有〈西江月〉一首為證，詞曰：

《書劍恩仇錄》第十回〈煙騰火熾走豪俠，粉膩脂香羈至尊〉

風流天子這回卻是身墮脂粉陷阱，即回目聯句的下句所指：

帳子揭開，伸進一個頭來，燭光下只見那人滿臉麻皮，圓睜怪眼，腮邊濃髯，有如刺蝟一般，與玉如意的花容月貌大不相同。乾隆還道眼花，揉了揉眼睛，那人已把一柄明晃晃的匕首指在他喉邊，低喝：「丢他媽，你契弟皇帝，一出聲，老子就是一刀。」

《書劍恩仇錄》第十回〈煙騰火熾走豪俠，粉膩脂香羈至尊〉

這裡小查詩人用了廣府話粗口，以配粵藉的紅花會十三當家「銅頭鱷魚」蔣四根。這個「丢」字屬於音近假借，不是原字。罵皇帝的母親，實是罵陳總舵主之母，十三哥好像太過輕率。

人有六根，蔣四根究竟是那四根？恐怕小查詩人也未必說得出個道理來。蔣四根講「粗口」已有前科，在黃河赤套渡講的廣府話更標準：

那人道：「丟那媽，上就上，唔上就唔上喇，你地班契弟，費事理你咁多。」

《書劍恩仇錄》第五回〈烏鞘嶺口拚鬼俠，赤套渡頭扼官軍〉

三：恭擬御製詩

這一回，乾隆兩度口占詩句，小查詩人在註裡面有詳細解釋：

作者恭擬御製兩句：「疑為因玉召，忽上嶠之高」，玉者玉皇大帝也，玉如意也，似尚不失為乾隆詩體。

然後還有：

作者擬御製西湖即興：「才詩或讓蘇和白，佳曲應超李與王。」試為乾隆儒臣解之：朕才子之詩，或稍不及蘇東坡和白樂天，未有定論，然玉如意佳人之曲，歌喉當勝李夫人、琵琶應超王昭君也。

《書劍恩仇錄》第十回〈煙騰火熾走豪俠，粉膩脂香羈至尊〉注乘機開十全老人的玩笑。

後記：

小查詩人這首《西江月》，上片末一字用「炕」，去聲字，不合律，要改為平聲字才成。不知為何出錯。

二零一九年二月國森記

手提倚天劍，重來親指畫（《書劍》第十二回）

一：安得禹復生

江從西南來，浩浩無旦夕。長波逐若瀉，連山鑿如劈。
千年不壅潰，萬姓無墊溺。不爾民為魚，大哉禹之績。
導岷既艱遠，距海無咫尺。胡為不訖功，餘水斯委積。
洞庭與青草，大小兩相敵。混合萬丈深，淼茫千里白。
每歲秋夏時，浩大呑七澤。水族窟穴多，農人土地窄。
我今尚嗟歎，禹豈不愛惜。邈未究其由，想古觀遺跡。
疑此苗人頑，恃險不終役。帝亦無奈何，留患與今昔。
水流天地內，如身有血脈。滯則為疽疣，治之在鍼石。
安得禹復生，為唐水官伯。手提倚天劍，重來親指畫。
疏河似翦紙，決壅同裂帛。滲作膏腴田，蹋平魚鱉宅。

龍宮變閭里，水府生禾麥。坐添百萬戶，書我司徒籍。

白居易〈自蜀江至洞庭湖口有感而作〉

二：兩種倚天劍

倚天劍的名頭比屠龍刀大得太多，按《三國演義》的說法，曹操也有一把倚天劍，原來大禹也有一把，那麼峨嵋派的倚天劍頂多只能算第三。

大禹的倚天劍是天子之劍，《書劍恩仇錄》男主角紅花會總舵主陳家洛也明白，他們手中的劍和大禹的劍相去甚遠：

陳家洛等一行沿黃河西上，只見遍地沙礫污泥，盡是大水過後的遺跡，黃沙之中偶然還見到骷髏白骨，想像當日波濤自天而降，眾百姓掙扎逃命、終於葬身澤國的慘狀，都不禁惻然。陳家洛吟道：「安得禹復生，為唐水官伯，手提倚天劍，重來親指畫！」吟罷心想：「白樂天這幾句詩憂國憂民，真是氣魄非凡。我們紅花會現今提劍只是殺賊，那一日提劍指畫而治水，才是我們的心願。」

《書劍恩仇錄》第十二回〈盈盈彩燭三生約，霍霍青霜萬里行〉

大禹提倚天劍在黃河邊前線督工之時，指揮的只是部下治水團隊，後來因治水立了大功，得帝舜禪讓天子之位。白居易要大禹來當唐朝的治水官員，未免委屈了前代聖君。

紅花會群豪先前由新任總舵主率領，返回中原營救四當家「奔雷手」文泰來，便遇上黃河決堤，還走失了七當家「武諸葛」徐天宏和十四當家「金笛秀才」余魚同。結果兩人雖然受了點傷，卻因禍得福，贏得了老婆，比總舵主更有成就。

三：借湖口說河口

白居易原詩講洞庭湖，大禹治水卻在黃河，不在長江。白居易說大禹的倚天劍可以指畫山河，不單是普通信物。「疏河似翦紙，決壅同裂帛。」更是氣魄非凡。

本詩用入聲韻，偶數句的句腳都用入聲字：夕、劈、溺、績……等。

易求無價寶，難得有情郎（《碧血》第十回）

一：有心即有情

羞日遮羅袖，愁春懶起妝。
易求無價寶，難得有心郎。
枕上潛垂淚，花間暗斷腸。
自能窺宋玉，何必恨王昌。

魚玄機《贈鄰女》

二：兩個有情郎

《碧血劍》第十回〈不傳傳百變，無敵敵千招〉，寫袁承志與二師兄「神拳無敵」歸辛樹比試之後，終於在魏國公賜第找到金蛇郎君夢寐以求的寶藏。夏青青投其所好，說要將寶物送給闖王李自成做為舉事之用，還說「取之於民，用之於民」，闖王最終不成氣候則是後話。承志大哥由是大樂，執「青弟」之手，以「知己」相許，青青便想到「易求無價寶，難得有情郎」兩句古詩。

《神鵰俠侶》第七回〈重陽遺刻〉又見這兩句詩，這一回卻是楊過在李莫愁跟前，斬釘截鐵地表示願代小龍女而死，等於破了小龍女當古墓派掌門人的誓言。那是祖師婆婆林朝英定下的規矩，若有男子心甘情願為掌門人而死，掌門人才可以離開古墓下終南山。李莫愁還檢查小龍女臂上的守宮砂，對小龍女說：「易求無價寶，難得有情郎。」李莫愁這般拍馬屁，除了羨慕與妒忌兼備，還有請求小龍女指點出古墓路徑之意。

小查詩人在新三版改動了兩個有情郎的心跡，袁承志有了外騖之心，但最終仍未拋棄「青弟」，而楊過則提早對師父姑姑傾心。如此一來，承志大哥變壞了，過兒也沒有變好。在修訂二版很遲才知道自己深愛姑姑，那麼吃吃其他美貌姑娘的豆腐，還比較可以原諒，以現在新三版的情況，有了姑姑還對其他美貌姑娘風言風語，未免有點兒對不起姑姑。

三：「有心」即是「有情」

魚玄機是唐代女道士，當時女冠多兼職為妓女，但是那個時代的妓女比後世同行高級得多，不似當代的買賣來得那麼赤裸裸。

原詩作「有心郎」，現在一般借用時都作「有情郎」，女子對男子以「郎」相稱，這樣的有心，其實就是有情。「有心」涵蓋面比「有情」更廣，但有情二字說得更加具體，難怪「難得有情郎」反倒蓋過原來的「難得有心郎」。

本詩偶數句句腳押韻：妝、郎、腸、昌。

助酒一曲《善哉行》（《飛狐》第六回）

一：主客贈答《善哉行》

苗若蘭輕抒素腕，「仙翁、仙翁」的調了幾聲，彈將起來，隨即撫琴低唱：「來日大難，口燥舌乾。今日相樂，皆當喜歡。經歷名山，芝草翻翻。仙人王喬，奉藥一丸。」唱到這裡，琴聲未歇，歌辭已終。

胡斐少年時多歷苦難，專心練武，二十餘歲後頗曾讀書，聽得懂她唱的是一曲「善哉行」，那是古時宴會中主客贈答的歌辭，自漢魏以來，少有人奏，不意今日上山報仇，卻遇上這件饒有古風之事。她唱的八句歌中，前四句勸客盡歡飲酒，後四句頌客長壽。適才胡斐含藥解毒，歌中正好說到靈芝仙藥，那又有雙關之意了。

他輕輕拍擊桌子，吟道：「自惜袖短，內手知寒。慚無靈輒，以報趙宣。」意思說主人慇勤相待，自慚沒什麼好東西相報。

苗若蘭聽他也以「善哉行」中的歌辭相答，心下甚喜，暗道：「此人文武雙全，我爹爹知道胡伯伯有此後人，必定歡喜。」當下唱道：「月沒參横，北斗闌干。親交在門，飢不及餐。」意思說時候雖晚，但客人光臨，高興得飯也來不及吃。

胡斐接著吟道：「歡日尚少，戚日苦多，以何忘憂?彈箏酒歌。淮南八公，要道不煩，參駕六龍，遊戲雲端。」最後四句是祝頌主人成仙長壽，與主人首先所唱之辭相應答。

胡斐唱罷，舉杯飲盡，拱手而立。苗若蘭劃絃而止，站了起來。兩人相對行禮。

二人答唱的一曲《善哉行》，《宋書．樂志》有載，題為《來日．善哉行》，共分六解：

來日大難，口燥脣乾。今日相樂，皆當喜歡。（一解）
經歷名山，芝草翻翻。仙人王喬，奉藥一丸。（二解）
自惜袖短，內手知寒。慚無靈輒，以報趙宣。（三解）
月沒參横，北斗闌干。親交在門，饑不及餐。（四解）
歡日尚少，戚日苦多。以何忘憂，彈箏酒歌。（五解）
淮南八公，要道不煩。參駕六龍，游戲雲端。（六解）

《善哉行》是樂府詩歌，樂譜已佚，《宋書．樂志》收錄了許多漢魏以來的樂府詩，《宋書》是二十四史之一，為南朝沈約所著，說的當然是劉宋而不是趙宋，近年常有人胡說八道，誤把馮京作馬涼，以為《宋書》講的是趙宋，那是將《宋書》和《宋史》混淆了。這《善哉行》曹操一家人都有作過，每解四句，每句四或五字，可以有許多解。或云此歌是曹植所作，還比《宋書》所載多了兩句在最後：「如彼翰鳥，或飛戾天。」

二：小查妙筆巧借《善哉行》

《雪山飛狐》引的這曲《善哉行》被清人沈德潛（一六七三至一七六九）收在《古詩源》，註曰：「此言來者難知，勸人及時行樂也。忽云求仙，忽云報恩，忽云飲酒，而仍終之以游仙，無倫無次，杳渺恍惚。」金庸就將這一曲沈德潛評為「無倫無次」的樂府詩歌分給苗若蘭與胡斐合唱，顯得頭頭是道，大筆一揮，說成是「宴會中主客贈答的歌辭」，此時變得甚有道理。

《書劍恩仇錄》的讀者當記得這個沈德潛，他就是在杭州點花國狀元一會上，一眼就認出「今上御筆」的「江南老名士」。沈是江蘇長洲人，字確士，號歸愚，官至內閣學士兼禮部侍郎。他在乾隆四年（一七三九）六十七歲才中進士，此事《書劍恩仇錄》中有講及。這次點花國狀元，事在乾隆二十四年（一七五九），老名士年方八十有七，真是老當益壯了。苗胡對唱這曲

《善哉行》的時候，已是乾隆四十五年，江南老名士去世已久。

三：略談《善哉行》用典

曲詞之中有幾處要解釋一下。

王喬是東漢初人，《後漢書．方術列傳》有提及他的故事，這個王喬在光武帝時任葉縣令（屬南陽郡，在今河南省），他擁有「私家飛機」，能夠驅使雙鳧，每處到「縣政府總部」都不必用車駕，後來又預知死期。傳中說這個王縣令可能就是古仙人王子喬。

說到王子喬，不能不談談《古詩十九首》中第十五首的〈生年不滿百〉：

> 生年不滿百，常懷千歲憂。
> 晝短苦夜長，何不秉燭遊。
> 為樂當及時，何能待來茲。
> 愚者愛惜費，但為後古嗤。
> 仙人王子喬，難可與等期。

趙宣子就是春秋時晉國的大臣趙盾，這第三解是用他與靈輒（人名）的典，沈德潛註明當中的「內」應讀作「納」，漢字發展的規律是由簡而繁。古代一字通用，後世常有派生出新字以分別不同的用法。

晉靈公多次要殺害趙盾，每一次趙盾都逢凶化吉。其中一次靈輒是伏擊趙盾的殺手之一，因為先前趙盾有恩於靈輒，所以臨陣靈輒吃裡扒外，保護趙盾周全。事見《春秋・左傳・宣公二年》的〈趙盾弒其君夷皋〉（魯宣公二年即前六〇七），後來趙盾負上了弒君的罪名，是因為他逃亡之後，同屬趙家的趙穿殺了晉靈公（夷皋），趙盾回國之後卻沒有治趙穿的罪。

以酒解憂，曹操的《短歌行》有講：

對酒當歌，人生幾何！譬如朝露，去日苦多。（一解）

慨當以慷，憂思難忘。以何解愁，唯有「杜康」。（二解）

青青子衿，悠悠我心。但為君故，沈吟至今。（三解）

明明如月，何時可掇。憂從中來，不可斷絕。（四解）

呦呦鹿鳴，食野之苹。我有嘉賓，鼓瑟吹笙。（五解）

山不厭高，水不厭深。周公吐哺，天下歸心。（六解）

杜康是上古造酒之人。

淮南八公是漢武帝時淮南王劉安的幕客，劉安是武帝的叔父輩，在元狩元年（前一二二）謀反失敗，自刎而死。劉安有反意，遂養士數千，當中高才者八人，號稱八公。

參駕六龍當然是用《易傳・乾文言》的典：「時乘六龍以御天。」這一式「時乘六龍」讀者也不陌生，是降龍十八掌其中一式。

與子偕老（《雪山》第十回）

一：獵得鴨雁來下酒

女曰：「雞鳴」，士曰：「昧旦」。
「子興視夜，明星有爛。」「將翱將翔，弋鳧與雁」。
「弋言加之，與子宜之。宜言飲酒，與子偕老。琴瑟在御，莫不靜好。」
「知子之來之，雜佩以贈之。知子之順之，雜佩以問之。知子之好之，雜佩以報之。」

《詩・鄭・女曰雞鳴》

二：雪地盟心

金庸在《雪山飛狐》飛狐中描寫朝斐文武雙全，可以跟苗若蘭答和樂府詩。至於他如何習文，金庸沒有明言，比楊過學《詩經》更離奇，只好交由讀者自行猜想。卻說胡斐救了衣衫不整的苗若蘭，在山洞中還給她解了被封的穴道，之後來個「男女風懷戀慕，只憑一言片語，便傳傾心之意」，胡斐便許下「終生不敢有負」的諾言。

出洞之後，兩人已是未婚夫妻的關係，「雪山飛狐」便吟起《鄭風》來：

兩人在雪地上緩緩走出數十丈。這天是三月十五，月亮正圓，銀色的月光映著銀色的雪光，再與苗若蘭皎潔無暇的肌膚一映，當真是人間仙境，此夕何夕？這時胡斐早已除下自己長袍，披在苗若蘭身上。月光下四目交投，於身外之事，竟是全不縈懷。

兩人心中柔和，古人詠嘆深情蜜意的詩句，忽地一句句似脫口而出。胡斐不自禁低聲說道：「宜言飲酒，與子偕老。」苗若蘭仰起頭來，望著他的眼睛，輕輕的道：「琴瑟在御，莫不靜好。」這是「詩經」中一對夫婦的對答之詞，情意綿綿，溫馨無限。……

《雪山飛狐》第十回

這首古老情詩十分有趣。雞鳴了，妻子便催促丈夫起床，丈夫以天未亮而不願起，妻子卻要他快快起床，去射獵鴨和雁。孔子的教導是「弋不射宿」（見《論語．述而》），這對小夫妻生在孔子之前，當不在此限。《天龍八部》有馬夫人憶述童年時強要父親雪夜趕狼的情節，當時朵在一旁偷聽的蕭峰心中罵她涼薄（見第二十四回〈燭畔鬢雲有舊盟〉），這《女曰雞鳴》的男主角只是去射鳥，看來手段也不賴，可以不辱使命。這位射士完成了太座給的任務，回家便可得美酒和音樂款待，還贈佩相報。佩者，腰帶上的飾物也。

胡斐與苗若蘭初次見面時也曾以曲下詞，所以雪地盟心之後，便是想到日後一起小酌的旖旎風光，苗若蘭自然打算仍是唱曲助興。

所以胡斐那一刀實在非砍不可，否則日後怎樣可以共詠《女曰雞鳴》？

《古詩十九首》之〈青青河畔草〉（《飛狐》第七回）

一：青青河畔草

青青河畔草，鬱鬱園中柳。
盈盈樓上女，皎皎當窗牖。
娥娥紅粉妝，纖纖出素手。
昔為倡家女，今為蕩子婦。
蕩子行不歸，空床獨難守。

佚名《古詩十九首》

二：回目新聯句

新三版《碧血劍》的回目聯句有改動，原來第十五、十六兩回是：「纖纖出鐵手，矯矯舞金蛇」和「荒崗凝冷月，鬧市御曉風」。

「纖纖出鐵手」顯然是借鏡《青青河畔草》的「纖纖出素手」。從《青青河畔草》找靈感不止金庸，幾十年前有一部粵語片《青青河邊草》，男女主角分別是胡楓和吳君麗。光陰似箭、日月如梭，胡楓先生已經年逾古稀，這部電影的同名主題曲還經常可以在電視螢光幕上再現。那個年頭香港的普羅大眾應該不慣用這個畔字，所以改用比較通俗的「邊」。「青青河畔草」的平仄是「平平平仄仄」，「青青河邊草」的平仄是「平平平平仄」，但不知是不是已經習慣了，覺得「青青河邊草」更順耳。

這兩回的回目改為「嬌嬈施鐵手，曼衍舞金蛇」和「荒崗凝冷月，纖手拂曉風」。嚴格來說何鐵手的鐵鉤手不能算是「纖纖」，改為以「嬌嬈」詠何鐵手的嫵媚美態。下句用「曼衍」來形容金蛇延綿不斷的動態，也改得很好，因為「矯矯」大過出眾，不似蛇謀定後動、每每在出人意表的情況下猛施突襲的性格截然不同。兼且第四回的回目是「矯矯金蛇劍，翩翩美少年。」，或許查詩人不願重覆吧。

何鐵手給發父親斷了一掌，裝上鐵鉤，還有一隻纖手，便由原來第十五回的「纖纖」改為新十六回的「纖手」，也可算的是個巧合。下句的「鬧市」太過熱鬧，與書中的實際場景不協，新三版用「纖手」來輕「拂曉風」，也不似「御曉風」那麼陽剛霸道，更合何鐵手的人物性情。兩處都改得好。

三：原裝版本出《飛狐》

行文至此，讀者諸君或會以為筆者已找不到題材，胡亂配對，硬說金庸有引用《青青河邊草》來做文章，不是的：

……袁紫衣道：「好，易老師既不肯以尊號相示，我便拆一拆你這個姓。『易』字上面是個『日』，下面是個『勿』，『勿日』便是『不日』，意思是命不久矣。易老師此行乘船，走的是水路，『易』字加『一』加『水』，便成為『湯』……『湯』字之上加『草』為『蕩』，古詩云：『蕩子行不歸』，易老師這一次只怕要客死異地了。

《飛狐外傳》第七章〈風雨深宵古廟〉

金庸後來還拿易老師的尊號（單名一個吉字）再開玩笑，金庸筆下人物的名字實在大有考究。

紫羅衫動紅燭移（《飛狐》第十四回）

一：詠柘枝舞妓

平鋪一合錦筵開，連擊三聲畫鼓催。
紅蠟燭移桃葉起，紫羅衫動柘枝來。
帶垂鈿胯花腰重，帽轉金鈴雪面迴。
看即曲終留不住，雲飄雨送向陽臺。

白居易〈柘枝妓〉

二：奇怪的對聯

金庸在《飛狐外傳》後記說要寫一個「不為美色所動，不為哀懇所動，不為面子所動」的英雄。胡斐為了鍾阿四一家的血仇，由廣東南海縣佛山鎮窮追鳳天南到北京。鳳天南送上巨宅求和，胡斐原本不肯接受。但是一來為免「嬌怯怯」的二妹程靈素給黃豆般大的雨水淋壞，二來也好聽聽夢中情人沒由來三翻四次出手救鳳天南是甚麼原因，只好暫且留下來避雨，宅中的書房卻有一副似是詠袁紫衣的對聯：

當下三人走到書房之中，書僮點了蠟燭，送上香茗細點，退了出去。這書房陳設甚是精雅。東壁兩列書架，放滿了圖書。西邊一排長窗，茜紗窗間綠竹掩映，隱隱送來桂花香氣。南邊牆上挂著一幅董其昌的仕女圖；一幅對聯，是祝枝山的行書，寫著白樂天的兩句詩：「紅蠟燭移桃葉起，紫羅衫動柘枝來。」

胡斐心中琢磨著袁紫衣那幾句奇怪的言語，那裡去留心甚麼書畫？何況他讀書甚少，就算看了也是不懂。程靈素卻在心中默默念了兩遍，瞧了一眼桌上的紅燭，又望了一眼袁紫衣身上的紫羅衫，暗想：「對聯上這兩句話，倒似為此情此景而設。可是我混在這中間，卻又算甚麼？」

三人默默無言，各懷心事，但聽得窗外雨點打在殘荷竹葉之上，淅瀝有聲，燭淚緩緩垂下。程靈素拿起燭台旁的小銀筷，挾下燭心，室中一片寂靜。

胡斐自幼飄泊江湖，如此伴著兩個紅妝嬌女，靜坐書齋，卻是生平第一次。

《飛狐外傳》第十四章〈紫羅衫動紅燭移〉

胡斐始終是個大男人，於感情事不及兩個紅妝嬌女的細心，白居易這兩句詩恐怕不會在他心中留下任何雪泥鴻爪。這一回的結尾，程靈素說：「兩隻鳳凰都給了我大哥！」袁紫衣卻道：「終不能兩隻鳳凰都給了他！」似是作者預告了結局。

三：柘枝舞詩

巨宅是鳳天南新買的，這傢伙是個俗人，不知舊主是甚麼人，藏得有董其昌的畫、祝枝山的字。柘枝是一種以鼓伴奏的舞蹈，唐人甚喜之，劉禹錫有一首〈和樂天柘枝〉：

柘枝本出楚王家，玉面添嬌舞態奢。
鬆鬢改梳鸞鳳髻，新衫別識門雞紗。
鼓催殘拍腰身軟，汗透羅衣雨點花。
畫筵曲罷辭歸去，便隨王母上煙霞。

表演柘枝舞的女藝人來去匆匆，便更惹人懸念，白居易說「雲飄雨送向陽臺」，劉禹錫遂以

「便隨王母上煙霞」來和。袁紫衣和程靈素是一濃一淡的兩隻鳳凰，《外傳》一曲既終便當人散。

《全唐詩》有舞柘枝女的詩一首，題為〈獻李觀察〉：

湘江舞罷忽成悲，便脫蠻靴出絳幃。
誰是蔡邕琴酒客，魏公懷舊嫁文姬。

李翱答詩云：

姑蘇太守青娥女，流落長沙舞柘枝。
滿座繡衣皆不識，可憐紅臉淚交垂。

李翱這時任山南東道節道使，在長沙遇到這位舞柘枝女，此女是詩人韋應物的愛姬所生，因為家道中落，當了職業舞蹈員，這詩用了蔡文姬的典，是一顆待嫁的心，魏公即是曹操。韋應物曾任蘇州刺史，所以詩中稱之為姑蘇太守，說到姑蘇，讀者必然會想到《天龍八部》的姑蘇慕容家。李翱以與韋家有姻親關係，便在幕僚中為她選婿。

這個故事還有另一版本，兩首詩的先後卻倒置。後一首題為〈潭州席上贈舞柘枝妓〉，說是李翱的幕客殷堯藩所作，李翱見詩之後，細問其事，便為故人之女完婚，前一首〈贈李觀察〉卻說是舒元輿知道這事之後寫了贈給李翶，題為〈贈李翶〉。

前一個版更有戲劇性，青娥女有詩才，對自己的前途比較主動。後一個版本卻較為合理，但是關鍵人物變成是殷堯藩，故事不夠曲折。讀者諸君可以依照個人喜好選擇。金庸借白居易〈柘枝妓〉的曼舞詠袁紫衣的美態，可惜袁紫衣福薄，不似韋應物的女兒能夠落葉歸根。

地匝萬蘆吹絮亂，天空一雁比人輕（《飛狐》第十九回）

韓荷生

一：天空一雁

雲陰瑟瑟傍高城，閑叩禪扉信步行。
地匝萬蘆吹絮亂，天空一雁比人輕。
疏鍾響似驚霜早，晚市塵多匝地生。
寂寞獨憐荒塚在，埋香埋玉總多情。

二：蘆溝橋與陶然亭

那陶然亭地處荒僻……

胡斐和程靈素到得當地，但見四下裏白茫茫的一片，都是蘆葦，西風一哄，蘆絮飛舞，有如下雪，滿目盡是肅殺蒼涼之氣。忽聽「啊」的一聲，一隻鴻雁飛過天空。程靈素道：

「這是一隻失群的孤雁了，找尋同伴不著，半夜裡還在匆匆忙忙的趕路。」忽聽蘆葦叢中有人接口說道：「不錯。地匝萬蘆吹絮亂，天空一雁比人輕。兩位真是信人，這麼早便來赴約了。」胡程二人吃了一驚：「我們還想來查察對方的陰謀布置，豈知他們早便到處伏下了暗樁，這人出口成詩，看來也非泛泛之輩。」胡斐朗聲道：「奉召赴約，敢不早來？」只見蘆葦叢中長身站起一個滿臉傷疤、身穿文士打扮的秀才相公，拱手說道：「幸會，幸會。只是請兩位稍待，敝上和眾兄弟正在上祭。」胡斐隨口答應，心下好生奇怪：「福康安半夜三更的，到這荒野之地來祭什麼人？」

《飛狐外傳》第十九章〈相見歡〉

有蘆葦飛絮，有失群孤雁，紅花會十四當家「金笛秀才」余魚同宜乎念誦韓荷生的詩。

這位韓荷生，是清代魏子安所著《花月痕》的主角，此詩於第二回〈花神廟孤墳同灑淚，蘆溝橋分道各揚鑣〉出現。《花月痕》被評為後來「鴛鴦蝴蝶派」作品的濫觴，共五十二回，寫韋癡珠、韓荷生兩位名士與妓女劉秋痕、杜采秋的戀愛故事。韋癡珠與劉秋痕一對是悲劇收場，男的懷才不遇，潦倒病亡；女的自縊殉情。韓荷生與杜采秋一對是喜劇收場，男的封侯（即是《鹿鼎記》中張勇的爵），女的獲一品夫人封贈。

這部小說的行文，已經很似後來的白話文體，如第一回的開場白：

情之所鍾，端在我輩。君臣、父子、兄弟、夫婦、朋友，性也；情字不足以盡之。然自古忠孝節義，有漠然寡情之人乎？自習俗澆薄，用情不能專一，君臣、父子、兄弟、夫婦、朋友之間，且相率而為偽，何況其他！乾坤清氣間留一二情種，上既不能策名於朝，下又不獲食力於家，徒抱一往情深之致，奔走天涯。所聞之事，皆非其心所願聞，而又不能不聞；所見之人，皆非其心所願見，而又不能不見，惡乎用其情！

《花月痕》第一回〈蚍蜉撼樹學究高談，花月留痕稗官獻技〉

三：余秀才穿越時空

原著寫韋韓二人於花神廟偶遇，韋瞧韓一眼，韓又望一望韋。然後韋讀韓詩，成為二人結交的伏筆。不知小查詩人從境求詩，還是因詩造境？又抑或回憶少年時遊陶然亭的境物。雁行折翼，是暗喻胡斐要再失二妹？

魏子安（一八一九至一八七四）生於嘉慶二十四年，卒於同治十一年。如果要雞蛋裡挑骨頭，余魚同唸這詩時，比魏子安出生還早了五十多年。

這詩句的出處，是一位署名「大老爺們兒」的大陸網友找出的。

若離於愛者，無憂亦無怖（《飛狐》第二十回）

一：八句佛偈

一切恩愛會，無常難得久。生世多畏懼，命危於晨露。由愛故生憂，由愛故生怖。若離於愛者，無憂亦無怖。

《飛狐外傳》第二十一回〈恨無常〉

二：生離？死別？

胡斐彈刀清嘯，心中感慨，還刀入鞘，將寶刀放回土坑之中，使它長伴父親於地下，再將程靈素的骨灰壇也輕輕放入土坑，撥土掩好。

圓性雙手合十，輕念佛偈：

「一切恩愛會，無常難得久。

生世多畏懼，命危於晨露。
由愛故生憂，由愛故生怖。
若離於愛者，無憂亦無怖。」
念畢，悄然上馬，緩步西去。
胡斐追將上去，牽過駱冰所贈的白馬，說道：「你騎了這馬去吧。你身上有傷，還是……還是……」圓性搖搖頭，縱馬便行。
胡斐望著她的背影，那八句佛偈，在耳際心頭不住盤旋。
他身旁那匹白馬望著圓性漸行漸遠，不由得縱聲悲嘶，不明白這位舊主人為什麼竟不轉過頭來。

《飛狐外傳》第二十回〈恨無常〉

三：借佛經拒婚

圓性唸的八句佛偈，來自兩部佛經。前四句由西晉的竺法護法師（約二二九至三〇六）譯的

《佛說鹿母經》剪裁而成：

一切恩愛會，皆由因緣合。合會有別離，無常難得久。
今我為爾母，恒恐不自保。生世多畏懼，命如露著草。

後四句出自唐代義淨法師（六三五至七一）譯的《佛說妙色王因緣經》：

由愛故生憂，由愛故生怖。若離於愛者，無憂亦無怖。

金庸小說中有兩段女尼思凡的情節比較重要，一是《笑傲江湖》中儀琳對令狐沖的單相思，一是《飛狐外傳》中圓性和胡斐的兩情相悅。圓性在胡一刀墳前的剖白說明了小尼姑的真正心聲：

……（圓性）輕輕的道：「倘若當年我不是在師父跟前立下重誓，終身伴著你浪跡天涯，行俠仗義，豈不是好？唉，胡大哥，你心中難過。但你知不知道，我可比你更是傷心十倍啊？」

《飛狐外傳》第二十回〈恨無常〉

人家心曲既表，胡斐自然不再拖拖拉拉，單刀直入：

……胡斐心中如沸，再也不顧忌什麼，大聲道：「袁姑娘，我對你的一片真心，你也決非不知。你又何必枉然自苦?我跟你一同去稟告尊師，還俗回家，不做這尼姑了。你我天長地久，永相廝守，豈不是好?」

《飛狐外傳》第二十回〈恨無常〉

圓性不能與胡斐在一起的「官方」原因說清楚了，那八句佛偈雖然饒有深意，卻未免文不對題。圓性並不是畏懼由愛所生的憂和怖，乃是礙於當年的重誓。其實很喜歡胡大哥「當家作主」：

圓性道：「你只管往西闖，不用顧我。我自有脫身之策。」胡斐胸口熱血上湧，喝道：「咱倆死活都在一塊!你胡說些什麼?跟著我來。」圓性被他這麼粗聲暴氣的一喝，心中甜甜的反覺受用，自知重傷之餘，不能使動軟鞭，於是一提著繩，縱馬跟在胡斐身後。……

《飛狐外傳》第二十回〈恨無常〉

胡斐是「熱腸人」(見《飛狐外傳》上冊的印章「最愛熱腸人」)，提議一同去找圓性的師父求情，實乃對症下藥。圓性最終還是拒絕，我個人寧願相信圓性自忖傷重難癒、命不久矣，才有引用佛經來退婚。

這《佛說鹿母經》的故事，一燈老和尚曾經說給小龍女聽，那一次也是楊過第一回驚覺自己與小龍女並不是那麼的心意相通。這事楊過自知，原本也沒有甚麼大不了，畢竟再恩愛的夫妻也不可能完全了解對方，只是個別過度褒美楊龍戀的讀者卻不甚知！

圓性唸的這後四句佛偈，郭襄也曾聽覺遠唸過。為了要請教怎樣離於愛，好得以無憂無怖，令得覺遠犯規，再以鐵羅漢轉贈張君寶，便揭開以後一連串風波的序幕。結果直到覺遠圓寂，郭襄還是沒有機會問個明白，還要再天涯思君二十年，長憂大怖二十年，俞蓮舟說她「在四十歲那年忽然大徹大悟，便出家為尼」，真是不明真相！

四：借如生死別，安得長苦悲？

胡斐向圓性簡述程靈素捨身救己的事，圓性說要「去」，胡斐問「哪裡去」，圓性答道：「借如生死別，安得長苦悲？」這兩句詩出自元稹《決絕詞》三首之一：

乍可為天上牽牛織女星，不願為庭前紅槿枝。七月七日一相見，故心終不移。
那能朝開暮飛去，一任東西南北吹。分不兩相守，恨不兩相思。
對面且如此，背面當何知。春風撩亂伯勞語，此時抛去時。

握手苦相問，竟不言後期。君情既決絕，妾意已參差。

借如死生別，安得長苦悲。

人生離合無常，紅槿枝雖則近在咫尺，面對面時甚麼相守相思的諾言，終究未必靠得住。倒還是牛郎織女一年一度的約會來得實在，心堅不移。人言不信，春風不解語，伯勞烏明年真的會飛回來嗎？一方決既絕不言後期，另一方只好慧劍斬情絲。

可惜慧劍無靈，情絲難斷。

借如生死別，安得長苦悲！

元稹的原意與金庸筆下胡斐圓性不能結合的情況並不一樣，只有「決絕」相同。至於將死生改為生死亦不重要。

萬般皆下品，唯有讀書高（《鴛鴦》）

一：天子重英豪

天子重英豪，文章教爾曹；萬般皆下品，惟有讀書高。
少小須勤學，文章可立身；滿朝朱紫貴，盡是讀書人。
學問勤中得，螢窗萬卷書；三冬今足用，誰笑腹空虛。
自小多才學，平生志氣高；別人懷寶劍，我有筆如刀。
朝為田舍郎，暮登天子堂；將相本無種，男兒當自強。
學乃身之寶，儒為席上珍；君看為宰相，必用讀書人。
莫道儒冠誤，詩書不負人；達而相天下，窮亦善其身。
遺子滿籯金，何如教一經；姓名書錦軸，朱紫佐朝廷。
古有千文義，須知後學通；聖賢俱間出，以此發蒙童。
神童衫子短．袖大惹春風；未去朝天子，先來謁相公。

年紀雖然小，文章日漸多；待看十五六，一舉便登科。
大比因時舉，鄉書以類升；名題仙桂籍，天府快先登。
喜中青錢選，才高壓俊英；螢窗新脫跡，雁塔早題名。
年少初登第，皇都得意回；禹門三汲浪，平地一聲雷。
一舉登科目，雙親未老時；錦衣歸故里，端的是男兒。
玉殿傳金榜，君恩賜狀頭；英雄三百輩，隨我步瀛洲。
慷慨丈夫志，生當忠孝全；為官須作相，及第必爭先。
宮殿召嶢聳，街衢競物華；風雲今際會，千古帝王家。
日月光天德，山河壯帝居；太平無以報，願上萬年書。
久旱逢甘雨，他鄉遇故知；洞房花燭夜，金榜挂名時。
土脈陽和動，韶華滿眼新；一枝梅破臘，萬象漸回春。
柳色侵衣綠，桃花映酒紅；長安游冶子，日日醉春風。
淑景餘三月，鶯花已半稀；浴沂誰氏子，三嘆咏而歸。
數點雨餘雨，一番寒食寒；杜鵑花發處，血淚染成丹。

春到清明好，晴天錦繡紋；年年當此節，底事雨紛紛。

風閣黃昏夜，開軒納晚涼；月華在戶白，何處芰荷香？

一雨初收霽，金風特送涼；書窗應自爽，燈火夜偏長。

庭下陳瓜果，雲端望彩車；爭如祁隆子，只曬腹中書。

九日龍山飲，黃花笑逐臣；醉看風落帽，舞愛月留人。

昨日登高罷，今朝再舉觴；菊花何太苦，遭此兩重陽。

北帝方行令，天晴愛日和；農工新築土，天慶納嘉禾。

簾外三竿日，新添一線長；登臺觀氣象，雲物喜呈祥。

冬天更籌盡，春隨斗柄回；寒暄一夜隔，客鬢兩年催。

解落三秋葉，能開二月花；過江千尺浪，入竹萬竿斜。

人在艷陽中，桃花映面紅；年年二三月，底事笑春風。

院落沉沉曉，花開白雪香；一枝輕帶雨，泪濕貴妃妝。

枝綴霜葩白，無言笑曉風；清芳誰是侶，色間小桃紅。

傾國姿容別，多開富貴家；臨軒一賞後，輕薄萬千花。

墻角一枝梅，淩寒獨自開；遙知不是雪，微有暗香來。
柯幹如金石，心堅耐歲寒；平生誰結友，宜共竹松看。
居可無君子，交情耐歲寒；春風頻動處，日日報平安。
春水滿泗澤，夏雲多奇峰；秋月揚明輝，冬嶺秀孤松。
詩酒琴棋客，風花雪月天；有名閑富貴，無事散神仙。
道院迎仙客，書堂隱相儒；庭栽棲鳳竹，池養化龍魚。
春游芳草地，夏賞綠荷池；秋飲黃花酒，冬吟白雪詩。

汪洙〈神童詩〉

二：書生唸詩

若作為考較金庸小說常識的題目，那麼誰是《鴛鴦刀》的男主角，難度當比《白馬嘯西風》女主角姓甚名誰更高。我相信記得李文秀的讀者，會比知道袁冠南的為多。

袁冠南初登場時，唸道：「天子重英豪，文章教爾曹；萬般皆下品，惟有讀書高。」然後更騙得太岳四俠打劫不成，還要賠上白花花的銀子。《鴛鴦刀》篇幅較短，本來是電影劇本，沒有足夠的鋪排空間，小查詩人也沒辦法將男女主角寫得吸引人。因此倪匡先生評金庸小說人物，於《鴛鴦刀》只提太岳四俠。

三：神童詩

四句詩出自北宋時汪洙的《神童詩》。現在流行的版本，為後人所編，加入了他人詩句，不盡是汪氏原句。這詩是小查詩人那一代小孩子要讀的教材，沒有太多冷僻的用典，那就原文照錄。

白首相知猶按劍（《白馬》）

一：人情翻覆似波瀾

酌酒與君君自寬，人情翻覆似彼瀾。
白首相知猶按劍，朱門先達笑彈冠。
草色全經細雨濕，花枝欲動春風寒。
世事浮雲何足問，不如高臥且加餐。

王維〈酌酒與裴迪〉

二：《白馬嘯西風》的詩

金庸的短篇《白馬嘯西風》只引了王維這七律中的三句：

李文秀跟著他進屋，只見屋內陳設雖然簡陋，卻頗雅潔，堂中懸著一副木板對聯，每一塊木板上刻著七個字，上聯道：「白首相知猶按劍。」下聯道：「朱門早達笑彈冠。」她自來回疆之後，從未見過對聯，也從來沒人教過她讀書，好在這十四個字均不艱深，小時候她母親都曾教過的，文義卻全然不懂，喃喃的道：「白首相知猶按劍……」華輝道：「你讀過這首詩麼？」李文秀道：「沒有。這十四個字寫的是甚麼？」

華輝文武全才，說道：「這是王維的兩句詩。上聯說的是，你如有個知己朋友，跟他相交一生，兩個人頭髮都白了，但你還是別相信他，他暗地裡仍會加害你的。他走到你面前，你還是按著劍柄的好。這兩句詩的上一句，叫做『人情翻覆似波瀾』。至於『朱門早達笑彈冠』這一句，那是說你的好朋友得意了，青雲直上，要是你盼望他來提拔你、幫助你，只不過惹得他一番恥笑罷了。」

李文秀自跟他會面以後，見他處處對自己猜疑提防，直至給他拔去體內毒針，他才相信自己並無相害之意，再看了這副對聯，想是他一生之中，曾受到旁人極大的損害，而且這人恐怕還是他的知交好友，因此才如此憤激，如此戒懼。這時也不便多問，當下自去烹水泡茶。

主角李文秀在回疆多年最親密的人，除了小時候的初戀對象蘇普之外，就是把她養大的計爺爺和師父華輝。卻原來回人計爺爺是壯年漢人馬家駿，漢人華輝卻是哈薩克人瓦耳拉齊。最後真正照顧和關懷李文秀的兩人兩敗俱傷、同歸於盡。假扮成老人的馬家駿死時只得三十來歲，對李文秀的感情當然不是祖孫的親情，該還有隱隱約約的愛吧。

三：酌酒、高臥、加餐

化名華輝的瓦耳拉齊自己心地差，要殘殺無辜，他的弟子馬家駿被迫痛下殺手，用毒針偷襲，所以華輝便「如此憤激，如此戒懼」。

王維的原詩是為一起飲酒的好朋友而作，瀟灑之至，風、雲、雨都不足問。

彈冠的典，是指漢代的一對好朋友王吉和貢禹。王吉在朝中當官，貢禹便將冠上的灰塵彈去，準備當官。彈冠便是做官的代名詞。後來的成語彈冠相慶，便是說幾個人見有官可做而預先慶祝。

「草色」一聯最精采。草得時雨滋潤而生色，花反受春寒所制而難動，暗喻君子道消，小人道長。這樣含蓄得很，與末句的高臥和加餐相呼應。不以屈原那「黃鍾毀棄，瓦釜雷鳴」的憤慨。

浮雲則是用《論語・述而》的：「不義而富且貴，於我如浮雲。」孔夫子這兩句話曾有香港著名富商引用過。

連城訣的密碼之一

一：《春歸》第四字

苔徑臨江竹，茅簷覆地花。
別來頻甲子，倏忽又春華。
倚杖看孤石，傾壺就淺沙。
遠鷗浮水靜，輕燕受風斜。
世路雖多梗，吾生亦有涯。
此身醒復醉，乘興即為家。

杜甫《春歸》

二：三十一字密碼

連城訣的重大秘密，藏在一部《唐詩選輯》之內，萬震山、言達平、戚長發三師兄弟知道詩的次序，卻不知密碼，便破解不出內容，不知道後梁短命皇朝寶藏的下落。

原來是：

江陵城南偏西，天寧寺大殿佛像，向之虔誠膜拜，通靈祝告，如來賜福，往生極樂。

金庸異想天開，拿著一本《唐詩選輯》來大做文章，的確十分有趣，只不知是甚麼版本，誰人選輯，說不定又是杜撰！

不過話分兩頭，金庸百密一疏，還是出了小亂子，毛病何在？暫且賣個關子，留待下回分解。

讀者就算將《連城訣》讀得爛熟，恐怕也對這首《春歸》印象蕪糊，甚至有可能懷疑自己的記憶，其實這首詩只得第一句「苔徑臨江竹」曾在書中出現過，後面的十一句欠奉。金庸就是喜歡如此這般的釣讀者的胃口！

卻說戚芳意欲用水毀了那部藏有密碼的《唐詩選輯》，反而誤打誤撞，揭開了萬震山三師兄弟數十年來不解的謎團，原來要浸了水書上用「隱形墨水」寫的字才會現形！連城劍法的第一招出自杜甫的《春歸》，密碼在第四字，便是一個「江」字！

三：那兩句是第一招？

杜甫原詩甚淺白，寫春遊之後，歸「家」途中見到的景象，觸景生情。臨江的小徑生了青苔，旁邊栽得有竹，方春萬物生發，所以茅廬前面的空地長滿了小花。杜詩聖攜了手杖和酒壺出遊，去看那孤石淺沙、遠鷗輕燕，乘興而去，盡興而歸，本是自得其樂。但是漫步小徑，便又想到運途蹇屯，流離失所，聖人不遇，生不逢時，奈何！無奈醒醒醉醉，醉醉醒醒，以遣有涯之生，哀哉！

連城劍法以兩句五言唐詩命名，第一招該是甚麼名堂？

「倚杖看孤石，傾壺就淺沙」可用，重點在「倚杖」和「傾壺」。

「遠鷗浮水靜，輕燕受風斜」也不錯，重點在「浮水靜」和「受風斜」。

讀者諸君可以發揮豐富的想像力去挑選詩句，並重組這一招是甚麼模樣。

連城訣的密碼之二

一：五十一？四十一！

草昧英雄起，謳歌曆數歸。
風塵三尺劍，社稷一戎衣。
翼亮貞文德，丕承戢武威。
聖圖天廣大，宗祀日光輝。
陵寢盤空曲，熊羆守翠微。
再窺松柏路，還見五雲飛。

杜甫《重經昭陵》

二：全都數錯了！

連城訣的第二字是一個「陵」字，是為江陵城的陵，採自杜甫的《重經昭陵》，金庸只引了《春歸》中的一句，這首詩卻引了兩句。

但是，問題來了！萬震山數錯了，言達平和戚長發數錯了，凌退思和所有來尋寶江湖豪傑都數錯了……

……他（萬震山）伸手指沾了唾涎，去濕杜甫那首「春歸」詩旁的紙頁，輕輕歡呼了一聲：「是個『四』字！好，『苔徑臨江竹』，第四個字是『江』，你記下了。第二招，仍是杜甫的詩，出自『重經昭陵』。」他又沾濕手指，去濕紙頁：「嗯，是『五十一』！」他一個字一個字的數下去：「一五、一十、十五、二十……『陵寢盤空曲，熊羆寧翠微』，第五十一個字，那是個『陵』字。『江陵』、『江陵』，妙極，原來果然便在荊州。」

《連城訣》第十回〈唐詩選輯〉

讀者一看便知，這個陵字是《重經昭陵》的第四十一字，不是第五十一字。金庸當年一時大意，匆忙中把第五副對句的第一字當成第五十一字，多年來都沒有人找出這個小毛病，校對人員該不該查證原典呢？

卻原來……大家都錯！

選有潘國森對！

三：由《行次昭陵》到《重經昭陵》

昭陵是唐太宗李世民的陵寢，在陝西省醴泉縣西北九峻山，貞觀十年營建，二十三年完成，唐太宗也在這一年駕崩。

「曆數歸」是指改朝換代，改國號年號和正朔。

「三尺劍」用漢高祖劉邦的典，三尺劍斬了白帝子，然後就登了天子之位。總而言之，要開基創業，三尺劍是少不得的。唐太宗雖然是第二任君主，但是他自稱年十八而經綸王業，後來逼父弒兄屠弟，三尺劍是少不得的。

至於「文德」對「武威」的一類歌功頌德之詞，讀者絕不會陌生。東方不敗有「文成武德」（見《笑傲江湖》各回），陸高軒也為洪安通（見《鹿鼎記》第十九回〈九州聚鐵鑄一字、百金立木招群魔〉）寫了個「文武仁聖」，教主大人便大讚陸高軒「一篇文章做得四平八穩」（見《鹿鼎記》第二十回〈殘碑日月看還在、前輩風流許再攀〉）。杜甫這首詩用文德對武威，聖圖對宗祀，天廣大對日光輝，也是對得四平八穩。

總而言之，當領袖的人物總是文武雙全。

「羆」是大熊，熊羆合起來卻是形容勇敢善戰的將士。皇帝的家，總得要有守衛，唐太宗在世時有秦瓊和尉遲恭當門神，死後便要守陵的翁仲（翁仲不是姓翁名仲的壯士，乃是守墓的石人）。

既說「重經」，當然是先前到過。大詩人無時無刻不做詩，第一次到昭陵便寫了一首《行次昭陵》，詩曰：

舊俗疲庸主，群雄問獨夫。讖歸龍鳳質，威定虎狼都。
天屬尊堯典，神功協禹謨。風雲隨絕足，日月繼高衢。
文物多師古，朝廷半老儒。直詞寧戮辱，賢路不崎嶇。
往者災猶降，蒼生喘未蘇。指麾安率土，盪滌撫洪爐。
壯士悲陵邑，幽人拜鼎湖。玉衣晨自舉，鐵馬汗常趨。
松柏瞻虛殿，塵沙立暝途。寂寥開國日，流恨滿山隅。

杜甫《行次昭陵》

「獨夫」指隋煬帝楊廣。「堯」是喻唐太宗的老爹唐高祖李淵，他有一個謚號叫「神堯」，唐朝人視唐太宗的得位有如禪讓。

「鐵巨汗常趨」講的事比較有趣，卻說安史亂起，潼關之役，叛軍見有來歷不明的黃旗軍掠陣，當日有人見到昭陵前的石人石馬都在流汗！

結果是潼關一役，哥舒翰大軍覆沒，唐玄宗李隆基狼狽逃命，唐室由是中衰。在這樣的一個動蕩的大時代，杜詩聖也開始了顛沛流離的歲月。

總結行次昭陵，就是「流恨」兩字。

這樣的「流恨」，《鹿鼎記》中也有，只是程度輕得多：

兩國欽差派遣部屬，勘察地形無誤後。樹立界碑。此界碑所處之地，本應為中俄兩國萬年不易之分界，然一百數十年後，俄國乘中國國勢衰弱，竟逐步蠶食侵佔，置當年分界於不顧，吞併中國大片膏腴之地。後人讀史至此，喟然嘆曰：「安得康熙、韋小寶於地下，逐彼狼子野心之羅剎人而復我故土哉？」

《鹿鼎記》第四十八回〈都護玉門關不設、將軍銅柱界重標〉

連城訣的密碼之三

一：倚吳望越

路自中峰上，盤回出薜蘿。
到江吳地盡，隔岸越山多。
古木叢青靄，遙天浸白波。
下方城郭近，鐘磬雜笙歌。

處默《聖果寺》

二：另眼相看！

連城訣第三字出自處默的《聖果寺》：

他（萬震山）又沾濕了手指，去尋第三個字，說道：「劍法第三招，出於處默的『聖果寺』，三十三，第三十三字，『下方城郭近，鐘磬雜笙歌』中的『城』字，『江陵城』，對啦，對啦！那還有什麼可疑心的？咦，怎麼這裡癢得厲害？」……

《連誠訣》第十一回〈砌牆〉

處默是唐末詩僧，《全唐詩》只收錄了他八首詩，生平無考，論名氣當然不及杜甫。可是，這首《聖果寺》卻比杜甫的《春歸》和《重經昭陵》流傳更廣，只因被收錄在《千家詩》之中，《千家詩》版本甚多，以宋末謝枋得（一二二六至一二八九，與郭靖楊過同時，不肯仕元絕食而死）編的最為流行。

金庸也對這首詩另眼相看，《連城訣》全書中所引的唐詩，只這一首《聖果寺》分兩次錄完：

萬震山伸指點著那首詩，一個字一個字數下去：「路自中峰上，盤回出壁蘿。到江吳地盡，隔岸越山多。古木叢青靄，遙天浸白波。下方城……」第三十三字，那是個「城」字！萬震山一拍大腿，說道：「對啦，正是這個法子！原來秘密在此。圭兒，你真聰明，虧你想到了這個道理！要用水，不錯，我們當年就是沒想到要用水！」

《連城訣》第十回〈唐詩選輯〉

想必是金庸在寫這《連城訣》（當年初面世時書名《素心劍》）時，回憶到自己「少年遊」，便引了全首詩。

三：鳳凰山上、住在杭州

聖果寺在杭州西湖畔的鳳凰山上，昔日少年金庸到錢塘江觀潮的時候，不知有沒有循著處默的足跡，盤回登峰，然後眺遠山、賞古木、觀江波、聽鐘磬呢？

杭州是個好地方，所謂「上有天堂，下有蘇杭」，金庸也曾一併介紹：

……柳州盛產木材，柳州棺材，天下馳名。是以有「住在蘇州，著在杭州，吃在廣州，死在柳州」之諺。木材紮成木排，由柳江東下。……

《鹿鼎記》第三十三回〈誰無痼疾難相笑，各有風流兩不如〉

這個諺語版本甚多，我小時候聽的卻是：「生在蘇州，住在杭州，食在廣州，死在柳州。」看來比金庸記得的強，一來食字而不用吃字，該是我們嶺南前賢的話，二者生在蘇州還有別的好處：

這時那少女划著小舟，已近岸邊，聽到鳩摩智的說話，接口道：「這位大師父要去參合莊，阿有啥事體？」說話聲音極甜極清，令人一聽之下，說不出的舒適。這少女約莫十六七歲年紀，滿臉都是溫柔，滿身盡是秀氣。

段譽心道：「想不到江南女子，一美至斯。」其實這少女也非甚美，比之木婉清頗有不如，但八分容貌，加上十二分的溫柔，便不遜於十分人才的美女。

《天龍八部》第十一回〈向來癡〉

蘇州杭州都可與天堂比美，住在那邊都差不多，「著在杭州」的用意，無非是「小玄子」康熙立了個「杭州織造」的差事出來。然而衣服之美，只不過是綠葉，裹在衣服裡面的美人才是正主兒。

處默和尚四大皆空，到聖果寺當然是禮佛觀景，紅顏欠奉。

由鳳凰山中峰上聖果寺，路程只約二百公尺，小徑盤旋曲折，處默舉目所見，盡多薜荔和女蘿（羅），《連城訣》中作「壁蘿」，難解！可能是金庸因為音近而記錯吧。

薜蘿的典，令人想起屈原的《九歌．山鬼》：

若有人兮山之阿，披薜荔兮帶女羅。
既含睇兮又宜笑，子慕予兮善窈窕。

薜荔是常綠灌木，女蘿是攀藤植物。屈大詩人在山崗上見到以薜荔為衣（披）、女蘿作帶的「子」（當然是女鬼了！），迷人的眼神、可愛的笑容、窈窕的身段，大詩人非傾慕不可。薜蘿互相纏繞，但是大和尚色即是空、空即是色，當然不會有甚麼感覺。

自從電腦打字日益流行，這個本來算是冷僻的「薜」竟然爆光率大增！

卻原來許多人常將「薜」字與「薛」字混淆。薛先生常常會給人「打」成薜先生，金庸小說中姓薛的角色不多，立時想得起的只有華山派的薛公遠，這個人恩將仇報，吃了張教主炮製的毒菌湯一命嗚呼（見《倚天屠龍記》第十三回〈不悔仲子踰我牆〉）。

女蘿與薜荔是一對，又與菟絲是一對。菟絲和女蘿都是寄生植物，詩人用以比喻男女關係。所以，紅拂女一見李靖便開門見山，說道：

「……閱天下之人多矣，無如公子者，絲蘿非獨生，願托喬木，故來奔耳。」

杜光庭《虬髯客傳》

鳳凰山在錢塘江北岸，錢塘江是古代吳越的交界，處默在山上望向南岸群山，於是便有「到江吳地盡，隔岸越山多」一聯。山上古木青翠，向東面錢塘江口望去，海天一色，倒好像是白波浸天。回頭向北，下方正是繁華的杭州，近有山中聖果寺僧人敲鐘擊磬的誦經聲，遠有山下杭州城秦樓楚館飄來的笙歌聲。

千年之後的今天，假如有緣一遊聖果寺，不知那一頭的景、色、聲還是不是當年模樣？

連城訣的密碼之四

一：兩首從未出過場的詩

意氣百年內，平生一寸心。欲交天下士，未面已虛襟。
君子重名義，直道冠衣簪。風雲行可託，懷抱自然深。
落霞靜霜景，墜葉下風林。若上南登岸，希訪北山岑。

賀遂亮《贈韓思彥》

鶺鴒有舊曲，調苦不成歌。自歎兄弟少，常嗟離別多。
爾尋北京路，予臥南山阿。泉晚更幽咽，雲秋尚嵯峨。
藥欄聽蟬噪，書幌見禽過。愁至願甘寢，其如鄉夢何。

宋之問《別之望後獨宿藍田山莊》

二：重組詩句

連城訣第四字是個「南」字，至於出自何詩，則金庸從沒有講過。讓我們先回憶一下丁典的遺言：

丁典深深吸了口氣，道：「你聽著，這都是些數字，可弄錯不得。」狄雲打疊精神，凝神傾聽。丁典道：「第一個字是『四』，第二字是『五十一』，第三字是『三十三』，第四字是『五十三』……」

《連城訣》第三回〈人淡如菊〉

既然沒有提及那首詩，這第四字的密碼，只好反其道而行，從唐人五言詩中去尋。總算皇天不負有心人，找到一首合用的，剛好是第五十三字用一個南字！

可惜，賀遂亮這首詩詩意甚明，沒有甚麼文章可做。只有一點可說，就是那「北山岑」不是指住在北山的岑夫子。岑字從山，當然與山有關，那是高而小的山。金庸小說中姓岑的不多，立刻想到的是五毒教的是岑其斯（見《碧血劍》第十五回〈纖纖出鐵手，矯矯舞金蛇〉）。

賀遂亮和韓思彥都是初唐人，在唐高宗時一同任職御史，生平不詳。《全唐詩》只錄得兩人詩各一首，雙方互相仰慕，因而得以留名後世。韓思彥的詩，自然是禮尚往來，一贈一酬：

古人一言重，嘗謂百年輕。今投歡會面，顧盼盡平生。
簪裾非所託，琴酒翼相併。累日同游處，通宵欵素誠。
霜飄知柳脆，雪冒覺松貞。願言何所道，幸得歲寒名。

韓思彥《酬賀遂亮》

賀遂亮與韓思彥惺惺相惜，平輩論交，開口閉口都是百年。丁典和狄雲以兄弟相稱，實則丁典之於狄雲，可以說是如父如兄、亦師亦友。死別之後，狄雲只好忍痛就將丁大哥的遺體火化：

……心想：「若不焚了丁大哥的遺體，終究不能完成他與凌小姐合葬的心願。」到山坳中拾些枯枝柴草，一咬牙，點燃了火，在丁典屍身旁焚燒起來。

火舌吞沒了丁典頭髮和衣衫，狄雲只覺得這些火燄是在燒著自己的肌肉，撲在地下，咬著青草泥土，淚水流到了草上土中，又流到了他嘴裡……

《連城訣》第五回〈老鼠湯〉

三：鬧了雙胞！

連城訣第四字到得後來竟然鬧出了雙胞。丁典中了金波旬花的毒，會不會記錯了呢？後來萬震山依著連城劍法的次序找到了第四字，當時已中了言達平下的毒：

……他伸右手在左手背上搔了幾下，覺得右手也癢，伸左手去搔了幾下，又看那劍譜，說道：「這第四招，是二十八，嗯，一五、一十、十五……第二十八字是個『南』字，『江陵城南』，哈哈，咦！好癢！」……

《連城訣》第十一回〈砌牆〉

狄雲開了凌霜華的棺，得到她臨終前在一片漆黑的幽暗世界寫下的第四字密碼也是二十八。問題卻是，若以常理推斷丁典也不可能記錯了，所以這筆胡塗帳，還得要算在金庸的頭上去。

第二十八字用一「南」字的詩，又得去再找，首先找到的便是宋之問（六五〇至七一二）寫給弟弟宋之望的詩。

宋之問的名氣可大得多，他與沈佺期（六五六至七一四）齊名。二人重視音律，他們的「沈宋體」對唐詩的發展影響很大，律詩的體制就是他們所創。沈宋二人的品行都並不高明，宋之問更依附武則天的面首張易之，十分不要臉。有趣的是他沒有處理好口腔衛生，是個「口臭」之人。

這首詩是宋之問想念弟弟之望所作，卻不甚動人，《全唐詩》裡面沒有宋之望的作品，可能不會做詩。

鶺鴒又名脊令，是一種水鳥，飛翔時一起擺尾、一起鳴叫，常會鳴叫呼喚同類。古人便認為反映兄弟手足之情，如《詩・小雅・常棣》：「脊令在原，兄弟急難。」蒙學名著《幼學瓊林》亦有云：「患難相顧，似鶺鴒之在原；手足分離，如雁行之折翼。」狄雲與丁典的交往，正是這種共處急難，不顧生死，互相救援的情操：

丁典這兩掌使盡了全身剩餘的精力。馬大鳴當場身死。耿天霸氣息奄奄，也已命在頃刻。只有周圻卻沒受傷，右手抓住劍柄，要從丁典身上拔出長劍，再來回刺狄雲。丁典身子向前一挺，雙手緊緊抱住周圻的腰，叫道：「狄兄弟，快走，快走！」他身子這麼一挺，長劍又深入體內數寸。

狄雲卻那肯自行逃生，撲向周圻背心，叉住他咽喉，叫道：「放開丁大哥！」他可不知其實是丁典抓住了對手，卻不是周圻不肯放他丁大哥。

丁典自覺力氣漸漸衰竭，快將拉不住敵人，只要給他一拔出長劍，擺脫了自己的糾纏，狄雲非送命不可，大叫：「狄兄弟，快走，你別顧我，我……我總是不活的了！」狄雲叫道：「要死，大家死在一起！」使勁狠叉周圻的喉嚨，可是他琵琶骨被穿通後，肩臂上筋骨肌肉大受損傷，不論如何使勁，總是無法使敵人窒息。

丁典顫聲道：「好兄弟，你義氣深重……不枉我……交了你這朋友……那劍訣……可惜說不全了……我……我很快活……春水碧波……那盆綠色的菊花……嗯！她放在窗口，你瞧多美啊……菊花……」聲音漸漸低沉，臉上神采煥發，抓著周圻的雙手卻慢慢鬆開了。

《連城訣》第四回〈空心菜〉

結果丁典和狄雲這對異姓骨肉，終於要雁行折翼，狄雲僥倖憑著那刀槍不入的寶物烏蠶衣殺了周圻。周圻也死得很窩囊：

狄雲紅了雙眼，凝視著周圻的臉，初時見他臉上盡是得意和殘忍之色，但漸漸地變為驚訝和詫異，又過一會，詫異之中混入了恐懼，害怕的神色越來越強，變成了震駭莫名。

周圻的長劍明明早刺中了狄雲，卻只令他皮肉陷入數寸，難以穿破肌膚。他怯意越來越盛……

……

……見周圻眼中忽然流下淚來，跟著口邊流出鮮血，頭一側，一動也不動了。

《連城訣》第四回〈空心菜〉

嵯峨是山勢高峻的樣子。其餘各句都比較淺白，不贅論。

最後狄雲將連城訣寫在江陵南門旁的城牆上，第四字密碼是寫了二十八，我們只好落實是丁典中毒後記錯了。

反正金庸沒有說明，就由鄙人說了算，第四字編派出自宋之問的《別之望後獨宿藍田山莊》，一來看在宋之問為律詩奠基之功，二來看在他用了「鶺鴒在原」的典。

至於劍招嘛，就隨便挑「爾尋北京路，予臥南山阿」吧。

連城訣第五字又鬧雙胞，這個「偏」字，根據丁典死前所講是第十八字；但是言達平在生命中最後階段一五、一十的數，卻說是第十六字。

第六字是個「西」字，丁典說密碼是七。

讀者諸君如有雅興，也可以玩玩這個復原連城訣的遊戲。

至於第七字（天），丁典想講，卻給打斷了，以後各字的密碼都沒有任何線索可尋。

三組「躺屍劍法」（《連城》）

一：躺屍、唐詩

孤鴻海上來，池潢不敢顧。
側見雙翠鳥，巢在三珠樹。
矯矯珍木巔，得無金丸懼。
美服患人指，高明逼神惡。
今我遊冥冥，弋者何所慕。

張九齡《感遇十二首》之四

塔勢如湧出，孤高聳天宮。
登臨出世界，磴道盤虛空。
突兀壓神州，崢嶸如鬼工。

四角凝白日，七層摩蒼穹。
下窺指高鳥，俯聽聞驚風。
連山若波濤，奔湊似朝東。
青槐夾馳道，宮館何玲瓏。
秋色從西來，蒼然滿關中。
五陵北原上，萬古青濛濛。
淨理了可悟，勝因夙所宗。
誓將挂冠去，覺道資無窮。

岑參《與高適薛據登慈恩寺浮圖》

朝進東門營，暮上河陽橋。
落日照大旗，馬鳴風蕭蕭。
平沙列萬幕，部伍各見招。
中天懸明月，令嚴夜寂寥。

悲笳數聲動，壯士慘不驕。
借問大將誰，恐是霍嫖姚。

杜甫《後出塞》五首之二《橫吹曲辭》

二：哥翁喊上來！

金庸在《連城訣》拿唐詩來做劍招名稱，一開場戚長發為戚芳和狄雲講了三組六招：

那老者提著半截草鞋，站起身來，說道：「你兩個先前五十幾招拆得還可以，後面這幾招，可簡直不成話了。」從少女手中接過木劍，揮劍作斜劈之勢，說道：「這一招『哥翁喊上來』，跟著一招『是橫不敢過』，那就應當橫削，不可直刺。阿芳，你這兩招是『忽聽噴驚風，連山若布逃』，劍勢該像一匹布那樣逃了開去。阿雲這兩招『落泥招大姐，馬命風小小』倒使得不錯。不過招法既然叫做『風小小』，你出力地使劍，那就不對了。咱們這一套劍法，是武林中大大有名的『躺屍劍法』，每一招出去，都要敵人躺下成為一具死屍。自己人比劃喂招雖不能這麼當真，但『躺屍』二字，總是要時時刻刻記在心裡的。」

《連城訣》第一回〈鄉下人進城〉

卻原來壞蛋師父亂教，誤導徒兒。二師伯言達平扮成乞丐教真的，卻是不懷好意：

那老丐嘿嘿笑了幾聲，說道：「是『唐詩』，不是『躺屍』！你師父跟你說是『躺屍』嗎？可笑，可笑！這兩招『孤鴻海上來，池潢不敢顧』，是說一只孤孤單單的鴻鳥，從海上飛來，見到陸地上的小小池沼，並不棲息。這兩句詩是唐朝的宰相張九齡做的，他比擬自己身份清高，不喜跟人爭權奪利。將之化成劍法，顧盼之際要有一股飄逸自豪的氣息。他所謂『不敢顧』，是『不屑瞧它一眼』的意思。你師父卻教你讀作什麼『哥翁喊上來，是橫不敢過』，結果前一句變成大聲疾呼，後一句成為畏首畏尾。劍法的原意是盪然無存了。你師父當真了不起，『鐵鎖橫江』，教徒弟這樣教法，嘿嘿，厲害，厲害！」說著連連冷笑。

《連城訣》第一回〈鄉下人進城〉

張九齡於唐玄宗開元年間為相，後來被政敵排斥而罷官。原詩中的孤鴻，見到珠樹上的翠鳥而不屑一顧，矯矯自立在珍木之巔，很有遺世獨立的味道。名利場是非最多，穿了美服便要擔憂有人指指點點，人若是太過高明，甚至連神也可能不喜歡你，還是鴻飛冥冥最好！《鹿鼎記》中韋小寶最後不也是「鶚立雲端原矯矯，鴻飛天外又冥冥」，所不同者張九齡是開元賢相，韋公爺是個貪官福將小奴才。

三：連山若波濤

「俯聽聞驚風，連山若波濤」出自岑參的詩，唐詩劍法中這兩式與眾不同，兩句雖然相連，卻不似其他各招都是出自同一副聯句，砍前砍後而成！

高適與岑參齊名，同是盛唐邊塞詩人的代表，以做官論是高勝於岑，論詩的成就是岑勝於高。薛據也是詩人，傳世的詩作只有十二首。

慈恩寺是今日西安的大慈恩寺，玄奘法師從天竺帶回來佛經，就是藏在寺中。唐高宗李治還在當太子時為紀念母親文德長孫皇后而建，所以寺名叫慈恩，與鐵掌水上飄裘千仞出家後的法號無關。慈恩寺浮圖就是鼎鼎大名的大雁塔，最初只有五層，後來唐高宗的太座武則天增建成七層，是名副其實的七級浮圖了！

要領略「俯聽聞驚風」和「連山若波濤」的意境，必須親身上塔，前一句用耳，後一句用眼。詩人說：「四角礙白日，七層摩蒼穹。」大雁塔是七層的方形樓閣式磚塔，高六十四公尺，邊長二十五公尺，向上逐層縮小，建築得十分堅固。人在高塔上，下窺可以手指飛鳥，俯聽可以驚聞神風怒號。遠望群山，則連綿起伏如波濤，遠處皇帝專用的馳道植有夾道的槐樹，玲瓏宮館都在腳底。登茲樓也！俗世繁華便亦覺到渺小得很。

原來當日杜甫亦與眾人一同登塔，杜高二人亦有詩作，不知岑參因何不提杜甫？

四：馬鳴風蕭蕭

杜甫的這首《後出塞》就流傳較廣，寫士兵被徵入伍的徬徨。

早上到洛陽城東門的兵營報到，當晚就開拔到河陽橋扎營。慣住大城市的新兵初次見到落日照在軍旗上，平日這個時候早已安在城中，幾曾有機會在蕭蕭風聲的黃昏聽到戰馬嘶鳴？這一頭的景色是既新鮮也教人不安。出了塞外，大漠一片平沙無垠，明月在天，軍營中有嚴格的規矩，往日的夜生活只成追憶，晚上難免寂寥難耐。忽然胡笳聲起，入在「壯士」之耳，但覺悲慘而無可驕傲之處。

兵凶戰危，小兵的命運每每掌握在主帥之手，便問老兵誰是統軍的大將，前輩安慰說：「恐怕會強似漢代北驅匈奴的名將霍去病罷！」

霍去病留下「匈奴未滅、何以為家」的名句，金庸小說讀者不會陌生，紅花會陳總舵講過，明教張教主也講過。

附錄：

高標跨蒼天，烈風無時休。自非曠士懷，登茲翻百憂。方知象教力，足可追冥搜。仰穿龍蛇窟，始出枝撐幽。七星在北戶，河漢聲西流。羲和鞭白日，少昊行清秋。秦山忽破碎，涇渭不可求。俯視但一氣，焉能辨皇州。回首叫虞舜，蒼梧雲正愁。惜哉瑤池飲，日宴崑崙丘。黃鵠去不息，哀鳴何所投。君看隨陽雁，各有稻粱謀。

杜甫《同諸公登慈恩寺塔》

香界泯群有，浮圖豈諸相。登臨駭孤高，披拂欣大壯。言是羽翼生，迥出虛空上。頓疑身世別，乃覺形神王。宮闕皆戶前，山河盡簷向。秋風昨夜至，秦塞多清曠。千里何蒼蒼，五陵鬱相望。盛世慚阮步，末宦知周防。輸效獨無因，斯焉可遊放。

高適《同諸公登慈恩寺浮圖》

萬震山教的唐詩劍法

一：唐詩劍法

香刹夜忘歸，松青古殿扉。
燈明方丈室，珠繫比丘衣。
白日傳心靜，青蓮喻法微。
天花落不盡，處處鳥銜飛。

綦毋潛《宿龍興寺》

長安一片月，萬戶擣衣聲。
秋風吹不盡，總是玉關情。
何日平胡虜，良人罷遠征。

李白《子夜四時歌》四首之三《秋歌》

見說蠶叢路，崎嶇不易行。
山從人面起，雲傍馬頭生。
芳樹籠秦棧，春流遶蜀城。
升沉應已定，不必問君平。

李白《送友人入蜀》

二：天花亂墜落何方？

「鐵骨墨萼」梅念笙調教了三個好徒兒，分別是「五雲手」萬震山，「陸地神龍」言達平和「鐵鎖橫江」戚長發，結果三個徒兒為了「連城訣」弒師。梅念笙和戚長發都沒有教真功夫給弟子，萬震山有教，卻故意亂了次序。這三組詩句的劍法，都是出自萬震山門下的口中，在書中卻從未有人真正使過，說來也真巧合了！

「天花落不盡，處處鳥銜飛」是萬震山的五弟子卜垣初訪戚長發時，因看見狄雲和戚芳拆過這招而唸誦。

綦毋潛遊湖南零陵的龍興寺，這香剎有古殿青松，樂而忘返，錯過歸時，便留宿一宵。因為逗留時間長了，有機會更深入了解，方丈大師的靜室傳出燈光，還在晚課嗎？白天向眾比丘僧傳授心法，或許這時正是自修的好時候。

蓮花有聖潔的形象，在佛教地位崇高。古印度人以青白分明的青蓮似偉人的眼睛，便以青蓮來形容佛眼。大詩人李白的別號就是青蓮居士。

「天花」典出佛經中有名的故事，維摩詰居士佛法湛深，為諸菩薩及弟子說法時，天女以鮮花散在眾人身上，菩薩已悟，便不受外物影響，花朵自然墜落，而心有執著的弟子，用手拂拭，卻那裡揮得去？

天女散花，落之不盡，便引來雀鳥相銜。

三：月夜婦縫衣

「長安一片月，萬戶擣衣聲」也是沒有真正使過。卻說萬震山的八個弟子，不滿狄雲打發了來搗亂的大盜呂通，教萬家弟子掉了臉，更妒忌這個鄉巴佬有美貌師妹同行。便依仗人多，聯手打傷了狄雲。戚芳向萬震山投訴時，八弟子沈城與萬震山的親兒子萬圭便一唱一和：

萬震山道：「怎麼是圭兒像佔了先？」沈城道：「昨晚萬師哥和狄師哥怎麼比劍，我們都沒瞧見。今天早晨萬師哥跟大夥說起，好像是萬師哥是用一招……用一招……」他轉頭問萬圭道：「萬師哥，你用一招什麼招數勝了狄師哥的？」萬圭道：「是『長安一片月，萬戶擣衣聲』！」他二人一搭一擋，將「八人聯手」之事推了個一乾二淨。萬圭怎樣勝了狄雲，旁人見都沒見到，自然談不上聯手相攻了。沈城不過十五六歲年紀，一副天真爛漫的樣子，誰都不信他會撒謊。

《連城訣》第一回〈鄉下人出城〉

原詩是寫長安女子在秋天晚上，為出征到玉門開關外的丈夫裁縫寒衣，古人裁衣必先擣布。擣者，鎚擊也。這個擣字，《倚天屠龍記》讀者該不會陌生，少林派三十六式龍爪手便有「擣虛式」。

長安的這一片月，其實也是塞外的那一片月。良人甚麼時候歸家，秋風和明月都給不出答案，原來這一個淒清秋夜，長安城內家家戶戶都有擣衣聲，萬家婦女都在問良人歸期，最後又會有幾人得以重見深閨夢裡人呢？

戰爭的可怕，就在於此。

四：蜀道難！

山與人面，雲與馬頭，看上去風馬牛不相及。

吳坎終於忍不住一片色心，偷了狄雲送來的解藥，要與三師嫂談條件：

吳坎笑嘻嘻地低聲道：「你若使一招『山從人面起』，挺刀向我刺來，我用一招『雲傍馬頭生』避開，隨手這麼一揚，將解藥摔入了這口水缸。」說著伸出手來，掌中便是那瓶解藥。他怕戚芳來奪，跟著退了兩步。

《連城訣》第十一回〈砌牆〉

原詩是李白送友人入蜀，並騎於崇山峻嶺之上所見的景色。

蠶叢是蜀王的先祖，教民養蠶，崎嶇的蠶叢路，也就是李白《蜀道難》講的「難於上青天」的蜀道。

入蜀的山路蜿蜒在半山之上，詩人與友人策馬共行，面面相覷，面旁邊便是遠山，所以山可以從人面而起。馬行之處，是自秦代已有的棧道，山勢既高，浮雲飄在峽谷之間，邊走邊聊，望向馬頭，浮雲便是背景，所以雲可以從馬頭而生。

入蜀的路途崎嶇，前一頭是甚麼景色？

蜀城有春流，走完了秦棧，便是天府之國。

日後際遇如何？其實升降浮沉已定，不疑不卜，古有明訓。縱是漢代在成都賣卜的大師嚴遵（字君平）復生，又何必去問？

這三組劍招，只有荊州萬震山的「唐詩劍法」版，金庸卻沒有提供用湖南鄉談講的「戚長發躺詩劍法版」，想不出便躲懶？

是不是可以辦個比賽，看誰人能夠「復原」狄雲所學的本來面貌？

附錄：

李白《子夜吳歌》之一〈春歌〉：

秦地羅敷女，採桑綠水邊。素手青條上，紅妝白日鮮。蠶飢妾欲去，五馬莫留連。

李白《子夜吳歌》之二〈夏歌〉：

鏡湖三百里，菡萏發荷花。五月西施採，人看隘若耶。回舟不待月，歸去越王家。

李白《子夜吳歌》之四〈冬歌〉：

明朝驛使發，一夜絮征袍。素手抽針冷，那堪把剪刀。裁縫寄遠道，幾日到臨洮。

上過陣的躺屍劍法（《連城》）

一：王維兩首詩

單車欲問邊，屬國過居延。
征蓬出漢塞，歸雁入胡天。
大漠孤煙直，長河落日圓。
蕭關逢候吏，都護在燕然。

王維《使至塞上》

萬國仰宗周，衣冠拜冕旒。
玉乘迎大客，金節送諸侯。
祖席傾三省，褰幃向九州。
楊花飛上路，槐色蔭通溝。

來預鈞天樂，歸分漢主憂。
宸章類河漢，垂象滿中州。

王維《奉和聖製暮春送朝集使歸郡應制》

二：孤煙因何直？

「戚長發版躺屍劍法」各招之中，只有這「大母哥鹽失，長鵝鹵翼圓」是金庸沒有解釋過「劍意」，狄雲在獄中使過：

狄雲俯身搶起，呼呼呼連劈三刀，他手上雖無勁力，但以刀代劍，招數仍是頗為精妙。一名肥胖的獄卒仗刀直進，狄雲身子一側，一招「大母哥鹽失，長鵝鹵翼圓」（其實是「大漠孤煙直，長河落日圓」），單刀轉了個圓圈，刷的一刀，砍在他腿上。那獄卒嚇得連滾帶爬地退了出去。

《連城訣》第二回〈牢獄〉

只是轉個圓圈而已，那麼「大母」與「哥」在攪甚麼鬼，是誰人失了鹽？又長又圓的鹵鵝翼是誰人烹製？失了鹽，對烹製鹵鵝翼這件大事又會有甚麼影響？有誰會因為失鹽而被罰不得吃鹵鵝翼嗎？爸爸呢？弟弟呢？

凡此種種，都沒有答案，成為《連城訣》全書中最大的不解之謎。戚長發是怎樣講解這招的劍意呢？真是耐人尋味！

原詩是詩人出使塞外時所作。單車孤身出訪塞外，途經居延屬國。屬國是漢代的產物，秦滅六國後，全國地方政制行郡縣制。漢代秦而恢復封建，行郡國制，後來版圖擴張，原來周邊的小國向大漢稱臣，國號不廢，所以稱為屬國。

詩人以蓬草自擬，唐代武功鼎盛，重振漢家聲威，漢塞即是唐塞。

大漠上的孤煙，或云是狼糞燒出來的烽火，這事《書劍恩仇錄》算是有出現過。問題是王維當使者出塞，無緣無故，又有誰在亂燒烽火？又不是如周幽王為博美人褒姒一笑而要來個「烽火戲諸侯」的節目。

後人實地考證，認為王維所見的不是烽火。莫要以為沙漠風小，吹不散烽煙，這孤煙便要直。這「煙」不是狼煙，而是「沙塵暴」！原來甘肅新疆一帶有一種迴風，在天晴溫暖的日子，空氣旋渦夾著沙塵卷起，形成煙柱，從地上冒起，向空中伸展，氣象學上叫塵卷風。如在遠處見到，就是「孤煙直」了。

居延和燕然山在今日的內蒙古、蕭關在寧夏，但是王維這次出塞其實是到甘肅，可見「文人多大話」。東漢竇憲大破匈奴北單于，在和帝永元元年（八九）登燕然山勒石紀功而還。竇憲是章帝竇皇后（後來的竇太后）的哥哥，是東漢第一位當權的外戚，但是和帝卻不是竇太后所生，在永元四年便殺了這個「舅舅」。

都護是指漢宣帝時置的西域都護，管理邊務，唐朝則有大都護。《鹿鼎記》第四十八回〈都護玉門關不設，將軍銅柱界重標〉，讀者當不會陌生。

三：廟堂文學

然後是將敬人的招式說成是罵人：

孫均沉默寡言，常常整天不說一句話，上以能潛心向學，劍法在八同門中最強。他見師兄弟推己出馬，當即長劍一立，低頭躬身，這一招叫做「萬國仰宗周，衣冠拜冕旒」，乃是極具禮的起手劍招。但當年戚長發向狄雲說劍之時，卻將這招的名稱說做「飯角讓粽臭，一官拜馬猴」。意思是說：「我是好好的大米飯，你是一隻臭粽子，外表上讓你一下，恭敬你一下，我心裡可在罵你！我是官，你是猴子，我拜你，是官拜畜生。」狄雲見他施出這一招，心下更怒，當下也是長劍一立，低頭躬身，還了他一招「飯角讓粽臭，一官拜馬猴」，針鋒相對，毫不甘示弱。

《連城訣》一回〈鄉下人進城〉

這兩句的劍意就很清楚了。

到了今時今日，還有一些以研究文學謀生的大學教授說金庸小說是「通俗小說」，入不得「文學殿堂」云云。「飯角讓粽臭，一官拜馬猴」就不折不扣的是「廟堂文學」，用作歌功頌德。讀者見有「奉」字、「聖」字，必定想得出是皇帝叫他做的詩，這個皇帝就是唐玄宗。地方的朝集使到京師吃喝玩樂，事後回家，王維便寫了這首四平八穩的詩。

宗周借指唐代的京城長安。衣冠指搢紳、士人，不是說普通人不得穿衣，但是禮冠卻只給有身份的人戴。冕是禮帽，旒是禮帽前後端垂下的穿玉絲繩。冕旒原本是古代尊貴的禮帽，後來成為天子代稱。

王維另有一首〈和賈至舍人早朝大明宮之作〉，有一句「萬國衣冠拜冕旒」，大同小異。這

「一官拜馬猴」，正是王維的老把戲，看來此人真的不喜歡做官。

乘是大車。節是符節，即朝廷給使者或發兵用的憑證。

祖席不是爺爺請吃飯，而是送別宴。三省是門下省、中書省和尚書省，既然有飯吃，所有衙門的官員都賞面出席。

讀者對「鈞天」當不陌生，《天龍八部》靈鷲宮飄渺九天中就有「鈞天部」，逍遙派「天山六陽掌」亦有一式叫「陽歌天鈞」。「鈞天樂」就如杜甫說的「此曲祇應天上有，人間能得幾回聞」，要朝拜天子才有機會飽耳福。做官「總也不能吃飯不幹事」（小玄子語，見《鹿鼎記》第四十三回〈身作紅雲長傍日，心隨碧草又隨風〉），回到地方是要給皇帝分憂。

宸章是皇帝做的文章。河漢是指天上的銀河。

李白《俠客行》的俠與行

一：答客問

收到茶館館友來信，指明要版主講講李白的《俠客行》。於是便覆信說金庸在書中已解釋過，那還有甚麼好講？館友再來信說要「更完整的解釋」，現在就略作補充。

金庸以這首詩來做小說的開場白，還選了開封城外、以侯嬴命名的侯監集做揭幕的場景：

「趙客縵胡纓，吳鉤霜雪明。銀鞍照白馬，颯沓如流星。
十步殺一人，千里不留行。事了拂衣去，深藏身與名。
閑過信陵飲，脫劍膝前橫。將炙啖朱亥，持觴勸侯嬴。
三杯吐言諾，五嶽倒為輕。眼花耳熱後，意氣素霓生。
救趙揮金鎚，邯鄲先震驚。千秋二壯士，烜赫大梁城。
縱死俠骨香，不慚世上英。誰能書閣下，白首太玄經？」

李白這一首『俠客行』古風，寫的是戰國時魏國信陵君門客侯嬴和朱亥的故事，千載之下讀來，英銳之氣，兀自虎虎有威。那大梁城鄰近黃河，後稱汴梁，即今河南開封。該地雖然數為京城，卻是民風質樸，古代悲歌慷慨的豪俠氣概，後世迄未泯滅。」

然後又用了書中第二十回來講述無名高手依這首詩將武功秘訣刻在二十四個石室，每一句詩是一套武功，可說是匠心獨運了。金庸又非常聰明，沒有說清楚每一句是甚麼類型的武功，想不到好的就乾脆不說，叫讀者自己去想，那四句是：「將炙啖朱亥」、「持觴勸侯嬴」、「眼花耳熱後」和「誰能書閣下」。結果讀者看完了全書，也不知道這幾句是甚麼武功！

二：行、俠、客

先說一個「行」字，行是樂府歌曲的一種名稱，詩作如以歌、行稱者，都是源出於樂府。樂府原本是漢朝專門管理樂歌的官府機關，漢武帝任命李延年為協律都尉，專門採集各地歌曲，後世便以樂府作為這類歌曲的總稱。歌和行原有少許分別，能唱的是歌，樂調較長的詩是行，到了唐代歌和行的分別已不大，格律比較自由的詩都可以稱為歌或行。

所以李白的《俠客行》是俠客之歌、俠客之詩，而不是說「俠客的行事」。但是金庸的《俠客行》有俠客島在江湖上賞善罰惡的橋段，少不免叫讀者聯想到「俠客的行事」。

我們在二十世紀下半葉出生的華人，受了當代武俠小說的影響，都覺得「俠客」是好。《俠客行》書中的龍島主也要解釋將無名島命名為俠客島是因為島上的石壁武功：「那倒不是我二人狂妄僭越，自居俠客。」

甚麼是俠？

《韓非子・五蠹》：「儒以文亂法，俠以武犯禁。」俠者，破壞社會安定之「蛀米大蟲（蠹）也！

俠的本義是「以武犯禁」，與五絕中「北俠」郭靖的俠不同，大大的不同：

朱子柳道：「當今天下豪傑，提到郭兄時都稱『郭大俠』而不名。他數十年來苦守襄陽，保境安民，如此任俠，決非古時朱家、郭解輩逞一時之勇所能及。我說稱他為『北俠』，自當人人心服。」

《神鵰俠侶》第四十回

朱家郭解是古代不折不扣的俠，都以武犯禁。郭靖卻是現代人心中所想的古代大俠。

朱家郭解的事蹟在《史記・游俠列傳》有載。朱家以包庇季布留名後世，季布是項羽的部將，劉邦得天下之後要捕殺之，結果因為朱家的迴護而得免，後來朱家和季布都得到善終。郭解的父親也是任俠，在漢文帝是被誅，而郭解本人則在漢武帝時被族誅。

若要知俠原本是甚麼東西，還可以用大家熟悉的漢末三國名人來說說。

《三國志．魏書．武帝紀》：「太祖少機警，有權數，而任俠放蕩，不治行業，故世人未之奇也。」曹操是俠，還是放蕩的俠，殺人時可不手軟，看他為報父仇而大屠徐州便知。

《三國志．魏書．董卓傳》：「董卓字仲穎，隴西臨洮人也。少好俠，嘗游羌中，盡與諸豪帥相結。」董卓也是俠，他比曹操更殘忍得多，陳壽評他為：「狼戾賊忍，暴虐不仁，自書契已來，殆未之有也。」在當時是有史以來第一凶殘之人。

《三國志．魏書．袁術傳》：「袁術字公路，司空逢子，紹之從弟也。以俠氣聞。」原來「塚中枯骨」也是俠！陳壽評袁術為「奢淫放肆」，給他治理過的地方都死得人多！如南陽郡、揚州等地皆是。

《三國志．蜀書．先主傳》：「少語言，善下人，喜怒不形於色。好交結豪俠，年少爭附之。」劉備既好交結豪俠，本人自也是俠。

《三國志．吳書．吳主傳》引《江表傳》說孫權「好俠養士」。

由此我們可知俠是甚麼一回事，好勇好殺是俠的必要條件，行仁行義倒是其次，可有可無。所謂「俠」，倒似近代幫會中的江湖豪客、法外強人。

「大俠士」須當重「義」輕生，所以白自在見到張三李四與他孫女婿一起吃「臘八粥」之後，便慚愧起來：

群雄見張三、李四為了顧念與石破天結義的交情，竟然陪他同死，比之本就難逃大限的鄭光芝和解文豹更是難了萬倍，心下無不欽佩。

白自在尋思：「像這二人，才說得上一個『俠』字。倘若我的結義兄弟服了劇毒，我白自在能不能顧念金蘭之義，陪他同死？」想到這一節，不由得大為躊躇。又想：「我既然有這片刻猶豫，就算終於陪人同死，那『大俠士』三字頭銜，已未免當之有愧。」

客又是甚麼？客是「賓客」。任俠之人，必多豢養賓客，亦即是食客。

李白這首詩是講「信陵君（盜符）救趙」的故事，許多中學生都讀過，錄自《史記・信陵君列傳》。信陵君是魏國公族，姓魏名無忌，是大名鼎鼎的戰國四公子之一。當時秦軍圍趙國首都邯鄲，趙國平原君到魏國請救兵，魏王卻無意援手，下令魏軍按兵觀望。後來信陵君矯命奪兵權，打敗了秦軍。侯嬴的功，是指點信陵君請魏王的寵姬如姬盜取兵符，好讓信陵君拿了到前線指揮魏軍；朱亥的功，是一鎚打死不肯交出兵權的魏國前軍統師晉鄙，所以李白說：「救趙揮金鎚，邯鄲先震驚。」

三：俠客行

趙客縵胡纓的縵，究是「縵胡之纓」、還是「胡人之纓」呢？這也是千載之謎。趙國與胡人的關係，則是趙武靈王穿胡服、習騎射，成為戰國後期山東諸國抗秦的力量。

吳鉤究竟是劍、是刀、還是鉤呢？金庸也說不出來。倒是令人想起小說《封神演義》中木吒用的兵器吳鉤劍。書中還引了李賀的「男兒何不帶吳鉤」和白居易的「勿輕直折劍，尤勝曲全鉤」。李賀說的似是劍，白居易說的卻該是鉤了。

「十步殺一人，千里不留行。」出自《莊子．說劍篇》，莊子向趙王解釋「天子劍」、「諸侯劍」和「庶人劍」的分別。蔡志忠先生的《漫畫莊子》有詳盡解釋，館友可以參考，版主偷懶不講了。

《俠客行》的前八句，就是講無名俠的行事，與武俠小說中名滿江湖的俠是兩種不同的人。

接下來便講「客」，公子養客，就是要「養兵千日，用在一朝」。壯士要食量大，吃得肉多而面不改容才像樣，所以要「將炙啖朱亥」，正如蕭峰在無錫松鶴樓就是一大盤牛肉的吃。壯士還要酒量豪，所以要「持觴勸侯嬴」。然後：「三杯吐言諾，五嶽倒為輕。眼花耳熱後，意氣素霓生。」黃湯下了肚，眼花耳熱，意氣風發，一句是一句，一諾千金，死就死了！鴻毛是輕、泰山亦是輕，正好為主家賣命去也。

錢穆教授在《國史大綱》中提到漢朝人有二重君主觀念，「俠」與「客」的盡忠也就是「二重君主觀念」的表現，所以侯嬴可以為魏無忌死，卻不會為魏國或魏王死。《俠客行》，就是這麼一回事。

附錄：

男兒何不帶吳鉤，收取關山五十州。
請君暫上凌煙閣，若箇書生萬戶侯。

《南園十三首之五》李賀

拾得折劍頭，不知折之由。一握青蛇尾，數寸碧峰頭。
疑是斬鯨鯢，不然刺蛟虯。缺落泥土中，委棄無人收。
我有鄙介性，好剛不好柔。勿輕直折劍，猶勝曲全鉤。

《折劍頭》白居易

潘按：

凌煙閣是帝皇表彰功臣的地方，存放功臣畫像。

白居易詩「老嫗都解」，不必曉舌了。

後記：

版主，即「詩詞金庸版主」。此文在二零零一年發表。

國森記

二零一九年二月